Uwe Goeritz

Die Tochter aus dem Wald

Bibliografische Information der Deutschen Nationalbibliothek:

Die Deutsche Nationalbibliothek verzeichnet diese Publikation in der Deutschen Nationalbibliografie; detaillierte bibliografische Daten sind im Internet über http://dnb.dnb.de abrufbar.

© 2017 Uwe Goeritz

Coverbild: Uwe Goeritz

Herstellung und Verlag: BoD – Books on Demand, Norderstedt

ISBN: 978-3-7448-9330-5

Inhaltsverzeichnis

Die Tochter aus dem Wald

Diese Geschichte spielt im Grenzgebiet zwischen römischen Reich und Germanien, sowie in den Städten, die dort gegründet wurden. In der Mitte des ersten Jahrhunderts unserer Zeitrechnung waren viele germanische Männer und Frauen von den Annehmlichkeiten der Zivilisation angetan und wollten dort nicht mehr weg, wenn sie diese erst einmal erkannt hatten. Oft schon als Kinder von den Römern im umliegenden Land als Geiseln genommen, lernten sie das Leben in der Zivilisation kennen und schätzen.

Trotz der Annehmlichkeiten des Lebens in Rom gab es dort auch die Kehrseite der Zivilisation zu erleben. Frauen und Sklaven hatten keinerlei Rechte. Im Gegensatz zu den germanischen Stämmen, wo es keine Sklaven gab und die Frauen den Männern rechtlich gleichgestellt waren. So lebten sie immer mit dem Blick auf die andere Seite des Limes oder der Flüsse, auf dem das wilde und unzivilisierte, doch freie Land ihrer Ahnen lag.

Die handelnden Figuren sind zu großen Teilen frei erfunden, aber die historischen Bezüge sind durch archäologische Ausgrabungen, Dokumente, Sagen und Überlieferungen belegt.

1. Kapitel

Auf der Flucht

Das blonde Mädchen rannte durch das Dickicht des Waldes, so schnell sie konnte. Dornen und verfilztes Gestrüpp konnten sie nicht aufhalten, nur etwas bremsen. Hände und Arme waren schon von den Dornen zerkratzt und ihr Rock hatte sich in ein streifenartiges Gebilde verwandelt. Immer wieder drehte sie sich um und schaute mit gehetztem Blick hinter sich. Anzuhalten und zu horchen, ob die Verfolger noch hinter ihr waren, traute sie sich nicht. Ihre eigenen Schritte waren schon laut genug, aber auf das trockene Holz vor ihren Füßen konnte sie keine Rücksicht nehmen.

„Nur schnell weg!" war der einzige Gedanke, der durch ihren Kopf kreiste. Sonst nichts! Dieser Fluchtreflex hatte ihr das Leben gerettet.

Bärtraut, so hieß das Mädchen, war jetzt acht Sommer alt und lief immer der Sonne entgegen. Das sie dabei in Schleifen durch den Wald lief, war ihr vollkommen egal, das war immer noch besser, als im Kreis zu gehen und die Sonne, die ihre Strahlen durch die Baumkronen schickte, war ihr einziger Wegpunkt in dieser grünen und immer gleich aussehenden Welt. Eigentlich hatte ihr die Mutter verboten, alleine in den Wald zu gehen, aber die Mutter, und die anderen Bewohner ihres ganzen Dorfes, waren tot. Erschlagen von Kriegern eines anderen Stammes. Nur sie hatte überlebt, zumindest bisher.

Sie lief nun schon fast den ganzen Tag und langsam wurde es dunkel im Wald. Wo sollte sie über die Nacht bleiben? An diese Nacht und die wilden Tiere hatte sie zwar gedacht, aber nun, wo es Abend wurde, drängte sich der Gedanke an die schrecklichen Geschichten zurück in ihr Gedächtnis, die ihr die Großmutter am Feuer erzählt hatte. Bären, Wölfe und Luchse gab es hier und für jedes dieser Tiere war sie eine schmackhafte Mahlzeit. Für die Bären sicher nur ein kleiner Happen. Eine Gänsehaut stellte sich an ihrem Nacken auf, als sie an die Krallen des Bären dachte, den die Jäger ihres Dorfes einmal erlegt hatten und den sie sich angesehen hatte. In diese gewaltigen Pranken wollte sie nicht geraten.

Immer mühsamer lief sie und sie rannte schon lange nicht mehr. Sie schleppte sich eigentlich nur noch vorwärts. Nur der Wille zum Überleben hielt sie noch auf den Beinen. Sie wurde langsam so unsicher in ihrem Gang, dass sie sogar von Zeit zu Zeit über eine der vielen Wurzeln fiel und sich nur schwer wieder aufraffen konnte, um weiter zu laufen. „Warum nicht einfach liegen bleiben?" bohrte sich ein Gedanke in ihren Kopf, doch sie zog sich an einem Baum nach oben und ging weiter. .

Im letzten Licht des Tages kletterte sie einen dicken Baumstamm hinauf, der sicher zwanzig Mal so hoch war, wie sie selbst. Sie kletterte bis in die Spitze des Baumes. Vor den Wölfen war sie hier sicher, aber Bären und Luchse konnten auch klettern. Sie riss sich einen langen Streifen von ihrem Rock ab und band sich damit am Stamm fest, damit sie im Schlafen nicht von oben in die beträchtliche Tiefe stürzen würde. Sie umarmte den Baum und schloss die Augen. Die Erschöpfung des Laufes sorgte dafür, dass sie fast sofort einschlief.

Sie bemerkte nicht die vielen Nachtvögel, die fast lautlos um sie herum flogen. Der Mond ging über dem Wald auf und tauchte alles in ein silbernes Licht. Nun kamen auch die Tiere der Nacht hervor, doch sie war in der Krone des Baumes fast sicher vor ihnen. Instinktiv hatte sie den einzig sicheren Platz für die Nacht gewählt.

Plötzlich zuckte sie zusammen und rutschte ein Stück nach unten, auf den Ast zusammen auf dem sie saß. Im Traum hatte sie wieder die Angreifer vor sich gesehen, wie sie Axtschwingend über sie hergefallen waren. Sie dachte an die Ereignisse des Morgens zurück. Ihre Familie und alle Freunde hatten sich gerade, in den besten Sachen und unbewaffnet, aufgemacht, um zum Heiligtum des Dorfes und danach zum Opfermoor zu gehen. Sie war noch einmal schnell zum Dorf zurück gelaufen, um aus ihrem Haus die, aus Holz und Stroh gefertigte, Puppe zu holen, die sie den Göttern dort opfern wollte, da hatte sie hinter sich das Geschrei gehört. Als sie sich an der Haustür umdrehte, sah sie, was am anderen Ende des Dorfes gerade geschah. Die fremden Männer waren in der dreifachen Übermacht gewesen und schon wenig später hatten drei der Männer sie verfolgt. Nur der Umstand, dass sie schneller laufen konnte, als jeder sonst im Dorf, hatte das Mädchen gerettet.

Sie wusste nicht, wo sie jetzt war, oder wo ihr heimatliches Dorf lag. Im Dunkel der Nacht, das nur spärlich durch die Sichel des Mondes beleuchtet wurde, vor den sich auch noch immer wieder Wolken schoben, sah sie sich um und lauschte auf die Geräusche der Tiere. In der Ferne heulte ein Wolf und instinktiv klammerte sie sich noch fester an den Baum. Ganz in der Nähe begann ein zweiter Wolf seinem Kameraden zu antworten. Sie konnte nicht einschätzen, wie weit dieser weg war, aber er klang beängstigend nahe. Über ihr hörte sie es im Baum rascheln und im Schein des Mondes sah sie ein Eichhörnchen, das zu ihr herunter schlich. Für einen Moment stutzte das Tier, als es sich auf Armlänge an Bärtraut angenähert hatte, um dann schnell an ihr vorbei nach unten zu huschen. Mit einem Sprung landete es auf den Zweigen des Nachbarbaumes und verschwand für seine Streifzüge aus dem Blick des Mädchens.

An Schlaf war nun nicht mehr zu denken. Immer wieder heulte der Wolf, mal links von ihr und mal rechts. War das nur einer, der hin und her lief, oder war da ein ganzes Rudel unter dem Baum? „Zumindest sind da keine Luchse in der Nähe." sagte sie sich in Gedanken und dachte an die Erzählung ihres Vaters, dass sich Luchse und Wölfe nicht miteinander vertrugen und gegenseitig verjagten. Bärtraut zog einen zweiten Streifen von ihrem Rock ab und band sich noch fester an den Baum, dann betete sie zu den Göttern, dass die Wölfe am nächsten Tag fort sein mögen. Schließlich fielen ihr doch die Augen wieder zu. Selbst das kleine Eichhörnchen, das zurückkehrte und über ihre Hand zu seinem Bau, hoch oben in der Baumspitze, lief, konnte sie aus diesem Schlaf der Erschöpfung nicht mehr heraus reißen.

2. Kapitel

Alleine im Wald?

Die Morgensonne schien ihr direkt ins Gesicht und weckte sie auf ihrem Baum. Für einen Moment wusste sie nicht, wo sie war und was passiert war, doch dann fiel es ihr wieder ein. Zum Glück hatte sie sich festgebunden, sonst wäre sie wahrscheinlich im Moment des Aufwachens vom Baum gefallen. Sie sah sich um und bemerkte, dass sie einen der höchsten Bäume erklettert hatte, den es hier gab.

Die Wipfel der anderen waren weiter unter ihr. Sie sah sich nun viel genauer um und schaute auf die grüne Fläche herunter. Nirgendwo rings umher war eine größere Lücke in dem Blätterdach, die von einem Dorf künden konnte. Aber hätte sie einfach so in ein fremdes Dorf gehen können? Was wäre wenn sie in ein feindliches Dorf gekommen wäre? Auch Rauch sah sie nirgendwo. Also hatten die Männer bestimmt ihre Spur verloren, denn die Krieger hätten sicher ein Feuer zum Schutz gemacht. Bärtraut schaute nach unten. „Sind die Wölfe noch da? Warten sie unten, dass ich herunter klettere, um mich dann zu fressen?" fragte sie sich leise und band sich wieder los.

Vorsichtig, und ohne ein Geräusch dabei zu machen, kletterte sie zum Waldboden zurück. Sicher wurde sie nicht mehr von den Männern verfolgt. Nur die Wölfe hatte sie in der Nacht gehört und kein Feuer gesehen, dass ihre Verfolger gemacht hätten. Zu gefährlich war es, ohne ein Feuer am Boden zu übernachten. Vermutlich hatten die Männer sie nur kurz verfolgt und dann beschlossen, dass der Wald und seine wilden Tiere das fliehende Mädchen nicht überleben lassen würden. So war eine Verfolgung für sie nicht nötig gewesen.

Langsam ging sie weiter und folgte wieder der Sonne, die durch die Baumwipfel zu ihr herunter schien. Durch die sich im Wind bewegenden Blätter sah das Mädchen tanzende Schatten auf dem Waldboden und mehr als einmal erschreckte sie ein seltsam geformter Baumstumpf, den sie im Spiel von Schatten und Licht für ein wildes Tier oder einen Waldgeist gehalten hatte. An der Seite eines Wildweges, dem sie eine Strecke gefolgt war, sah sie ein paar grüne Blätter eines Strauches, die ihr bekannt waren. Oft hatte sie diese Pflanze mit der Mutter im Wald gesammelt.

Mit einem Stück Holz, das sie von einem Ast abgebrochen hatte, grub sie sich in die Erde und legte die knollenartige Wurzel frei. Mit der letzten Kraft und einem knurrenden Magen riss sie die Wurzel aus dem Boden und biss hinein, ohne die Wurzel groß zu säubern. Nur einmal kurz auf den Boden geschlagen und das Blattgrün abgebrochen, dann ging sie kauend weiter. Wenig später fand sie ein paar rote Beeren, die unmittelbar neben einem kleinen Bach an einem Dornenstrauch hingen. Sie setzte sich an den Strauch und pflückte so viele von den leckeren Beeren, wie sie erreichen konnte, und schob sie sich in den Mund. Danach beugte sie sich über den Bach und schöpfte mit beiden Händen Wasser heraus, um ihren Durst zu stillen.

Ihr Blick blieb an ihrem Spiegelbild hängen, das ihr der Bach in einer ruhigen Stelle zeigte. Die sorgfältig von der Mutter geflochtenen Haare hatten sich gelöst und hingen zur Seite herunter. Ihr Gesicht war schmutzig und ihre Tränen hatten Spuren in diesen Schmutz gegraben. Bärtraut zog ihre Haare auf und löste die verbliebenen Stränge. Sie tauchte wieder ihre Hände in den Bach und wusch sich ihr Gesicht. Danach setzte sie sich ins Moos und flocht ihre Haare noch einmal neu. Sie schaute auf ihre zerkratzten Beine herunter und betrachtete dann ihre Schuhe, die den Dornen sehr gut Stand gehalten hatten.

Das Mädchen schaute wieder auf ihre Beine und danach auf den Bach. Schnell schnürte sie die Riemen der Schuhe auf und setzte sich auf einen Stein am Rande des kleinen Gewässers. Mit beiden Beinen im Wasser sitzend, schaute sie auf den Wald ringsum, der hier eine kleine Lichtung freigegeben hatte. Diese kleine Freifläche war nur etwa so groß wie das elterliche Haus in ihrem Dorf und sie musste wieder schlucken bei dem Gedanken an das Dorf in der Ferne. Bärtraut wusch sich das Blut von den Beinen und zog sich danach die Schuhe wieder an. Im nahen Wald knackte es und das Mädchen erstarrte. Langsam rutschte sie vom Stein und versteckte sich dahinter, bis zur Hüfte im Wasser stehend. Brummend trat ein zotteliger Bär aus dem Wald. Er war noch nicht sehr groß, aber sicher größer wie das Mädchen.

Sie hielt den Atem an und beobachtete das Tier, das an der Stelle stand, an der sie vor nicht allzu langer Zeit gesessen hatte, um Beeren zu essen. Der Bär schnüffelte am Boden, konnte aber nichts feststellen. Bärtraut rutschte immer weiter in das Wasser hinein, bis nur noch ihr Kopf heraus schaute. Als der Bär in ihre Richtung sah, tauchte sie komplett unter und blieb im Wasser. Von unten blickte sie auf den Stein hoch. Sie sah den Bären, der nun über ihr stand und nach allen Seiten schaute. Aber noch bevor ihr die Luft ausging verzog sich der Bär langsam wieder in den Wald. Vorsichtig tauchte das Mädchen auf. Ringsum war nichts zu sehen und ein paar Vögel sangen, was „Keine Gefahr!" heißen sollte.

Das Mädchen sprang über den Bach und lief auf der anderen Seite in den Wald hinein. Für die nächste Zeit rannte das Mädchen weiter und trocknete dabei ihre nassen Sachen im Lauf. Erst als die Sonne fast über ihr stand, ließ sie sich in das Moos am Rande einer Lichtung fallen. Sie lag auf dem Rücken und atmete schnell. Sie war zu viel gerannt und brauchte jetzt eine Pause zur Erholung. Sie kroch in einen kleinen Farn und zog die Blätter zum Schutz über sich. Nach einer ganzen Weile der Ruhe stand sie auf und ging langsam weiter.

Ein neues Knacken im Wald ließ sie herum fahren. Ein paar Männer standen nicht weit hinter ihr auf der Lichtung. Schnell drehte sie sich wieder um und lief weg. Sie war erst ein paar Schritte weit gekommen, da hörte sie hinter sich einen der Männer in der Sprache ihres Stammes rufen „Bleib doch stehen.". Sie stoppte und sah sich um. Einer der Männer war auf sie zugekommen. Er hatte einen roten Mantel über einer eisernen Rüstung. Auf dem Kopf trug er einen Helm, Speer und Schild hatte er in der Hand. Langsam ging Bärtraut auf ihn zu. Römische Soldaten hatte sie schon oft in ihrem Dorf gesehen und noch nie hatte sie schlechte Erfahrungen mit ihnen gemacht.

3. Kapitel

Fremde Krieger oder gute Freunde?

Der Mann stützte sich auf seinen Schild und schaute das Mädchen an. Die Sonne glitzerte auf der metallenen Rüstung und gab ihm etwas, das für sie wirkte, wie nicht von dieser Welt. Er hatte schon leicht ergraute Haare, einen kurzen grauen Bart und wache Augen. „Was machst du hier alleine im Wald?" fragte er sie in ihrer Sprache und seine Augen schauten fast liebevoll auf Bärtraut herunter. Schnell und mit fast überschlagender Stimme erzählte sie von ihren Erlebnissen zu Hause und im Wald. Er strich ihr über das Haar und redete in einer fremden Sprache mit den anderen Männern, die alle so angezogen waren, wie er. „Mein Name ist Markus. Möchtest du uns begleiten?" fragte er schließlich und das Mädchen nickte.

Die Männer nahmen sie in die Mitte und gingen los. Bärtraut hatte alle Mühe, das Tempo zu halten, aber sie wollte die Männer nicht aufhalten. Sie war froh, dass sie nun jemanden zum Schutz dabei hatte. Über schmale Waldwege und kleine Lichtungen zogen die Kämpfer dahin. Immer nach allen Seiten schauend. Sie stiegen über umgefallene Bäume oder gingen darunter hindurch. Das Klappern der Rüstung war sicher sehr weit im Wald zu hören und vielleicht machten das die Kämpfer, um sich selbst Mut zu machen, denn mit Stoff und ein paar Schnüren hätte man das Klappern sicher sofort verhindern können. Etwas später trafen sie auf eine andere Gruppe Kämpfer, von denen einer auf einem Pferd saß. Markus gab ihr etwas zu essen, von dem er sagte, dass es Brot ist, und zu trinken.

Bärtraut setzte sich kurz an den Wegrand. Das Brot war ganz flach wie ein Baumblatt und schmeckte sehr gut. Aber vermutlich hätte Bärtraut alles gegessen, was man ihr gegeben hätte. Markus trat an den Kämpfer auf dem Pferd heran, grüßte ihn und redete lange mit ihm. Der Mann saß ab und Markus winkte das Mädchen zu sich. Bärtraut hatte das Brot zu Ende gegessen und lief zu ihm hinüber. Vor dem Pferd blieb sie stehen und streichelte das Tier an der Nase. Pferde hatte sie zwar schon mal gesehen, aber so nahe war sie so einem großen Tier bisher noch nie gekommen. Markus hob das Mädchen hoch und setzte sie auf das Pferd. Sie klammerte sich fest und hoffte, oben zu bleiben.

Weiter ging der Zug, nun aber etwas bequemer für Bärtraut. Am Anfang war es für sie etwas schwierig, sich auf dem Rücken des Tieres zu halten, aber als sie sich dem Rhythmus des Gehens des Pferdes anpasste, ging es. Die Wege waren nun auch breiter, das Pferd hätte auch nicht unter den umgefallenen Bäumen des vorherigen Weges drunter hindurch gepasst. Nach und nach kamen immer mehr Kämpfer zu ihnen, so dass es zur Abenddämmerung mehr als fünfzig waren, als die Gruppe ein größeres Lager erreichte. Ringsum waren die Bäume gerodet und im Viereck in den Boden gerammt, so dass eine Wand aus Holz entstanden war, die etwa mannshoch war. Davor war ein breiter Graben, der nur in der Mitte der Mauer zugeschüttet war und welche unmittelbar hinter diesem Übergang einen Durchbruch hatte, auf den sie zugingen. Überall liefen oder standen bewaffnete Kämpfer herum. Markus hob sie vom Pferd herunter.

So viele Männer hatte das Mädchen noch nie auf einer Stelle versammelt gesehen. Hinter der Wand standen kleinere Zelte und vor einem davon blieb Markus stehen. Er schlug die Plane am Eingang zurück und zeigte auf sein Lager. Bärtraut setzte sich darauf und schaute zu dem Mann auf. Der verschwand kurz und kam mit Brot zurück, dass das Mädchen sofort verschlang. „Ich habe im letzten Winter durch eine Krankheit meine Tochter verloren." begann Markus „Sie war genauso alt wie du und jetzt habe ich dich gefunden.

Möchtest du mit zu mir kommen? Als meine Tochter?" fragte er das Mädchen.

Sie überlegte einen Moment und dachte an ihre Familie, die irgendwo tot im Wald lag. Schließlich nickte sie und sagte „Ja." „So sei es." antwortete Markus. Er umarmte das Mädchen und legte sie in das Bett, dann deckte er sie mit seinem Mantel zu. Die Geräusche des Lagers ließen sie zuerst nicht einschlafen, aber die Erschöpfung des Marsches sorgte dafür, dass sie doch noch einschlief. Im Traum sah sie wieder die drei Männer auf sich zulaufen und mit einem Schrei wachte sie auf. Ganz deutlich hatten sich die Bilder in ihr Gedächtnis gebrannt. Sie hatte wieder das rote Schild mit dem weißen Eberkopf darauf gesehen, vor dem sie geflohen war. Das Mädchen setzte sich auf und schaute sich um.

Das Zelt war leer und ein Feuer leuchtete flackernd von draußen durch die Wände. Sie stand auf und schob den Eingang auf. Davor sah sie das große Feuer, das sich durch die Zeltwand bis zu ihr abgezeichnet hatte, mit vielen Männern darum. Das Mädchen setzte sich auf den Platz neben Markus und schaute auf die vielen Männer um sich herum. Sie schienen alle aus verschiedenen Ländern zu kommen. Ihr Schrei war Markus wohl aufgefallen. „Nur ein Traum." sagte sie, als sie seinen fragenden Blick bemerkte und er strich ihr über den Kopf. Ein Schlauch mit Wein kreiste am Feuer und auch Bärtraut nahm einen großen Schluck. Er schmeckte süß und nicht so bitter, wie das gewohnte Bier in ihrem heimatlichen Dorf. Ein zweiter Schluck reichte, dass sie schläfrig wurde und am Markus Seite schließlich einschlief.

Sie erwachte in dem Bett im Zelt, in das er sie sicher hinein getragen hatte. Wenig später erschien Markus mit etwas Brot und ein paar essbaren Wurzeln. Er schenkte Bärtraut ein kleines Messer mit einem

18

geschnitzten Holzgriff, mit dem sie die Wurzeln kleinschneiden konnte. Das Messer konnte sie sich mit einer Kette um den Hals hängen und so hatte sie es nun ständig dabei. Im Lager waren auch viele Frauen und Kinder, wie sie nun feststellte. Bei einer der Frauen ließ Markus ein neues Kleid für Bärtraut anfertigen.

In der nächsten Zeit blieb sie immer bei dieser Frau, wenn Markus mit seiner Gruppe aus dem Lager auszog, für Patrouillengänge oder um Abgaben einzusammeln. Immer früh zog eine Gruppe los, die dann am Abend wieder zurückkam. Langsam fasste Bärtraut Vertrauen zu dem älteren Mann, mit dem sie ja so selbstverständlich mitgegangen war. Irgendetwas in ihm hatte die Angst in Bärtraut verscheucht. War es Zufall gewesen, dass sie gerade ihm begegnen sollte? Oder eine Entscheidung der Götter?

4. Kapitel

Ein langer Zug

Sie waren drei Monde lang in dem Lager auf der Lichtung, mitten im Wald, geblieben und noch bevor der Herbst in das Land kam, machte sich die Kolonne der Legionäre wieder auf den Weg zurück in ihr Winterquartier. Erst jetzt konnte Bärtraut sehen, wie viele Männer es wirklich gewesen waren. Bisher hatte sie ja immer nur kleine Gruppen gesehen. Voran wurde eine wehende Fahne getragen, über der sich ein Adler befand, und daran schlossen sich die Männer an. Einige ritten auf Pferden nebenher oder dem Zug voran.

Bereits am Morgen waren viele Reiter aufgebrochen, die sicher den Weg erkundeten oder sicherten. Hinter den marschierenden Kämpfern fuhren auf den Wagen die Kinder bei der Ausrüstung und den zusammen gelegten Zelten mit. Auch Bärtraut saß auf einen dieser Wagen. Zwischen den Wagen liefen die Frauen der Krieger und ein paar Sklaven trieben Tiere mit. Schafe, Ochsen und Schweine hatte Bärtraut gesehen.

Es ging mitten durch den Wald und oft waren die Wege gerade so breit, dass drei Männer mit nur geringen Abstand nebeneinander gehen oder die Wagen fahren konnten, ohne dass die Äste die Wagenplanen berührten. Bärtraut saß vorn auf dem ersten Wagen und konnte die Angst in den Augen der Männer und Frauen vor diesem dunklen Wald sehen. Vor vielen Jahren waren in so einem Wald viele römische Soldaten getötet worden, hatte ihr Markus erzählt. Daher hatte sie sicher immer noch Angst.

20

Auch Bärtraut hatte etwas Angst, aber nicht vor dem Wald an sich, sondern nur vor den Männern, die ihre Familie überfallen hatten. Immer noch hatte sie das Bild des Schildes vor Augen. Ein roter Kreis mit einem weißen Wildschweinkopf darauf. So ein Zeichen hatte sie zuvor noch nie gesehen und in ihrem Dorf waren schon oft fremde Krieger gewesen. Sicher war es ein Stamm aus einem anderen Volk gewesen. Vermutlich weiter aus dem Norden kommend. Von Zeit zu Zeit stoppte der Zug, wenn ein Baum aus dem Weg geräumt werden musste.

Das Schaukeln des Wagens machte sie müde und Bärtraut kroch nach hinten. Sie legte sich auf eines der zusammengelegten Zelte und rückte alles so hin, dass sie bequem liegen konnte. Schließlich schlief sie ein, um kurz darauf wieder aus dem Schlaf hochzufahren. Wieder war der Albtraum da gewesen. Würde das den nie aufhören? Sie legte sich wieder zurück, blieb mit offenen Augen einfach so liegen und schaute nach oben, wo sich das Blau des Himmels zwischen den Baumwipfeln zeigte. Sie konnte nach hinten schauen und hörte die Frauen erzählen und ein paar Kinder sangen ein Lied in einer fremden Sprache.

Mit einigen der Kinder hatte Bärtraut schon vieles in der Sprache der römischen Krieger gelernt. Sie dachte daran, wie sie immer im Lager gesessen hatten und sie auf verschiedene Gegenstände gezeigt hatte. Bärtraut hatte die Namen in ihrer Sprache genannt und die anderen Kinder den Namen des Gegenstandes in ihrer Sprache. Das hatte sie oft den ganzen Tag gemacht. Krug, Korb, Pferd, Wasser und Zelt, obwohl es für Zelt in ihrer Sprache keinen Namen gab. Bärtraut hatte es mit „tragbares Haus" übersetzt, etwas, was nicht viel Sinn machte, es aber am besten traf.

Gegen Abend machten sie Rast auf einer Lichtung, bauten aber keine Zelte auf. Ringsum wurden schnell kleine, etwa hüfthohe, Holzpflöcke in den Boden gerammt und die Wagen in der Mitte aufgestellt. Die Krieger saßen am Feuer, die eine Hälfte ruhte, die andere hielt Wache. Frauen und Kinder liefen im Lager umher, bevor die Frauen schließlich bei Anbruch der Dämmerung die Kinder in die Wagen zum Schlafen schickten. Die Frauen legten sich so davor, dass keines von ihnen unbemerkt aus den Wagen konnte.

Am Morgen brachen sie wieder auf und so setzten sie den Weg fort. Immer nachts auf Lichtungen lagernd und am Tage durch den Wald ziehen. Nach zwölf Tagen endete der Wald und sie betraten einen gerodeten Bereich. Auf dem Wagen stehend sah Bärtraut ein gemauertes Tor, das weit offen stand, mit Türmen auf der rechten und linken Seite, dahinter einen breiten Fluss, sowie ein paar weiße Häuser auf der anderen Seite des Gewässers.

Über diesen Fluss war eine hölzerne Brücke gebaut, über die schon die ersten Wagen hinweg rollten. Auch ihr Wagen passierte das Tor, neben dem viele Kämpfer standen und die Heimkehrenden grüßten. Der Fluss war so breit, dass Bärtraut von der Mitte aus mit offenem Mund zu den beiden Ufern schaute, und die Menschen dort nur ganz klein waren. Auf der Brücke hätten zwei Wagen nebeneinander fahren können und sie war mit Steinen belegt. Ein hölzernes Geländer sorgte dafür, dass niemand in das Wasser fallen konnte.

Schließlich passierten sie ein weiteres, großes Tor, auf der anderen Seite des Flusses, in einer noch größeren Mauer. Dahinter fuhren sie auf einer Straße weiter, die zu beiden Seiten von prächtigen Gebäuden gesäumt wurde. So hohe Gebäude hatte sie noch nie gesehen. Bisher waren es nur kleine Häuser aus Lehm gewesen, in denen Menschen und Tiere gemeinsam wohnten. Aber diese Häuser waren riesig und Tiere sah sie auch kaum. Einige Gebäude hatten Säulen davor stehen oder es führten breite Treppen hinauf. Die meisten Häuser waren bunt bemalt.

Das Mädchen hatte sich an der Plane festgekrallt, so dass sie nicht vom Wagen herunter fallen konnte und oft musste sie den Kopf ins Genick legen, um die Dächer der Häuser sehen zu können. In ihrem Dorf mussten die großen Leute den Kopf einziehen, wenn sie in das elterliche Haus gekommen waren, aber hier waren selbst die Türen so hoch, dass selbst ein Reiter auf einem Pferd bei manchen hindurch gepasst hätte. Es gab auch kleinere Plätze auf denen Figuren aufgestellt waren, die, bunt bemalt, von oben auf die Menschen herab schauten. „Vermutlich die Götter der Stadtbevölkerung." dachte sich das Mädchen, auch wenn ihre eigenen Götter unsichtbar waren und in den Bäumen des Waldes lebten.

In der Mitte auf einem großen, freien Platz stoppte der Zug und alle Wagen fuhren nebeneinander auf. Die Kämpfer traten an und einer der Männer hielt eine Ansprache, von der das Mädchen nur einen Teil verstand. Dann jubelten alle Kämpfer und verteilten sich ungeordnet über den Platz. Markus holte Bärtraut am Wagen ab.

Hand in Hand gingen der Mann und das staunende Mädchen durch die Siedlung. „Das ist Colonia." sagte Markus.

5. Kapitel

Eine neue Familie

Sie liefen eine der breiten Straßen entlang. Große, bunt gestrichene Häuser waren zu beiden Seiten zu sehen. Von hier unten, zu Fuß, sahen sie noch viel größer aus, als vom Wagen. Das Mädchen staunte über die sauberen, mit Steinen ausgelegten Straßen. Alles war wirklich sauber und nicht so schlammig und verdreckt wie ihr Dorf oder der Wald. Wenn es in ihrem Dorf geregnet hatte, so konnte man kaum noch über den Weg gehen, weil man sonst knöcheltief im Schlamm versank.

Hier war jeder Stein ganz sauber, so als ob man ihn poliert hätte. Das Mädchen bückte sich und berührte einen der Steine. Er war weiß, ganz glatt und wirklich sauber. Sie gingen von Straße zu Straße. Langsam wurden die Häuser niedriger, aber im Vergleich zu ihrer alten Hütte waren sie immer noch groß. Schließlich bogen sie in eine kleinere Gasse ein. Am Ende dieser Gasse stand ein zweistöckiges Haus mit einem roten Dach. Markus ging zur Tür und öffnete sie.

Das Mädchen blickte an ihm vorbei und sah durch die offene Tür „Tritt ein, mein Haus soll dein Haus sein." sagte der Mann und Bärtraut trat vorsichtig ein. Eine Frau in einem weißen, langen Gewand saß an einem kleinen Tisch und drehte sich zur Tür um, als das Mädchen eintrat. Fragend schaute sie Bärtraut an und bemerkte dann Markus, der hinter dem Mädchen durch die Tür trat und diese wieder schloss. Sie kam auf die Beiden zugelaufen und umarmte Markus. Dieser drehte sich zu dem Mädchen um und sagte „Das ist meine Frau Cecilia." die Frau gab Bärtraut die Hand und Markus sagte „Das ist Bärtraut. Ich habe sie im Wald gefunden und sie wird unsere Tochter werden." Cecilia nickte verstehend und winkte einen Mann zu sich. Sie gab dem Sklaven den Auftrag, ein Zimmer für Bärtraut vorbereiten. Der Sklave verbeugte sich und eilte davon.

Das Mädchen schaute sich in dem Raum um. Von dem Tisch, an dem Cecilia gerade eben aufgestanden war, konnte sie in einen Innenhof schauen, in dem sich ein kleiner Garten mit einem Springbrunnen befand. An den Wänden des Raumes waren bunte Bilder. Das Mädchen ging an eines der Bilder heran. Aus vielen kleinen, bunten Steinen war das Bild eines Vogels zusammengesetzt. Solche Tiere gab es bei ihnen im Wald nicht. Auf der anderen Seite war das Bild eines Adlers angebracht, der seinen Flügel weit ausbreitete, so als ob er sofort losfliegen wollte. Das Bild dieses Tieres hatte sie schon auf dem Wappen der Krieger gesehen und auch auf der Rüstung von Markus.

Durch die Pflanzen im Garten, von denen manche höher waren als das Mädchen, lief ein Junge mit dunklen Haaren. Der fast in ihrem Alter war. Das Mädchen hatte ihn bemerkt und ging auf ihn zu. Beide blieben voreinander stehen. Cecilia sagte „Das ist mein Sohn Augustinus. Und das ist meine Tochter Bärtraut." die beiden Kinder gaben sich die Hand. Da sie nur Teile der Sprache der Römer konnte, unterhielten sie sich in ihrer Sprache, die der Junge ein bisschen konnte, und mit Händen und Füßen.

Aus einem der Räume, die von dem langen Gang abzweigten, kam Markus zurück. Er hatte seine Rüstung abgelegt und trug nun einen langen, weißen Umhang. Die beiden Kinder liefen zu ihm hinüber. „Das war mein letzter Einsatz. Ich war nun 25 Jahre in der Legion. Ich werde von jetzt an als Händler ein kleines Geschäft eröffnen. Jetzt bin ich römischer Bürger." sagte er und strich den beiden Kindern über die Köpfe. „Komm Bärtraut, ich zeige dir dein Zimmer." sagte Cecilia und nahm das Mädchen an die Hand.

Sie gingen den Gang entlang, der den Garten umrundete und von dem sich immer Türen zu den einzelnen Zimmern öffneten. Cecilia erklärte dem Mädchen, welches Zimmer sie gerade passierten. Die Küche, das Zimmer von Augustinus und schließlich standen sie am Ende des Ganges. Eine Kübelpflanze mit seltsamen Blättern stand neben der Tür und bildete gleichzeitig den Abschluss des Hauses. Auf der anderen Seite saß ein kleiner Vogel auf dem Zweig eines Strauches und sah das Mädchen an. Pfeifend flog er auf und zog noch eine Runde über dem Garten, der wirklich groß war.

Cecilia wartete einen Moment, bis das Mädchen sie wieder anschaute und griff zur Klinke der Tür. Als die Frau diese Tür öffnete sah das Mädchen in das Zimmer hinein. Es war weiß gestrichen und geräumig. Ein Tisch und ein Bett sah sie und auf dem Bett saß ein fremdes Tier, das sie noch nirgendwo gesehen hatte. Es hatte grau braunes Fell, spitze Ohren und einen langen Schwanz. „Was ist das den für ein Tier?" fragte das Mädchen und Augustinus antwortete „Das ist Kata, unsere Mäusefängerin."

Kata gähnte ausgiebig und ließ ein paar lange, spitze Fangzähne sehen. „Ist die gefährlich?" fragte Bärtraut zweifelnd. Lachend ging der Junge zum Bett, nahm die Katze auf den Arm und sagte „Nur für die Mäuse." er kraulte dem Tier über den Kopf und sie begann zu schnurren. Nun trat auch Bärtraut an das Tier heran und strich ihm vorsichtig über den Kopf. Man konnte ja nie wissen, was passiert, aber Kata rieb nur ihren Kopf gegen die Hand des Mädchens und schnurrte weiter. Das Fell war ganz weich.

„Gleich werden wir essen. Wascht euch die Hände." sagte Cecilia und ließ die beiden Kinder in dem Zimmer alleine. Das Mädchen setzte sich auf das Bett und es war weich. Viel besser als das Bett in ihrem Dorf, in dem die ganze Familie geschlafen hatte. Der Junge setzte die Katze auf den Boden und Kata lief nach draußen durch die offene Tür. „Wo kann man sich hier waschen?" fragte das Mädchen und Augustinus führte sie durch das Haus. Er zeigte ihr das Bad, den Springbrunnen und die beiden Wasserspeier, durch die ständig warmes und kaltes Wasser in ein darunter angebrachtes Becken lief. In ihrem alten Dorf hätte sie zum Brunnen gemusst.

Vom Gang aus rief Cecilia nach den beiden Kindern. Wenig später saßen und lagen alle in einem großen Zimmer um den Tisch herum und ließen sich das Essen von der reich gedeckten Tafel schmecken. Das Mädchen war in der neuen Familie angekommen und alle mochten sie.

6. Kapitel

Thermengespräche unter Frauen

Zehn Jahre waren vergangen. Zehn Jahre in denen sich Bärtraut von einem ungebildeten Mädchen aus dem Wald zu einer gebildeten, jungen, römischen Frau entwickelt hatte. Cecilia hatte ihr lesen und schreiben beigebracht und wo immer es ging, hatte sie die Schriftrollen von Cicero oder anderen römischen Schriftstellern in der Hand. Die Schriften griechischer Philosophen und Politikern waren ebenfalls dabei. Auch Liebesgedichte von Ovid mochte sie, versteckte den, Codex genannten, Blätterstapel aber immer vor den Blicken der Mutter. Markus hatte, wie er es geplant hatte, einen kleinen Laden eröffnet, in dem er alles anbot, was er aus Germanien in die Stadt brachte.

Immer im Herbst machte sich Markus auf den Weg in den Wald, um dort Handel zu treiben. Mittlerweile kamen aber auch viele Männer von dort zu ihm in die Stadt und boten ihm Felle oder andere Dinge an, die sie bei ihm gegen römische Waren tauschen oder sich für goldene Münzen bezahlen lassen konnten. Der kleine Laden war direkt in dem Nebenhaus eingerichtet, dass sich Markus mit dem Erlös seines Handels gekauft hatte. Wann immer sie konnte half Bärtraut in dem Laden mit aus.

Es war ein schöner warmer Tag im Frühling, der erste warme Tag des Jahres überhaupt. Am Morgen hatte sich Bärtraut von Cecilia verabschiedet und war auf die Gasse hinaus getreten. Dort hatte sie schnell gemerkt, dass sie viel zu warm angezogen war, doch nun war sie schon einmal auf dem Weg und musste sich auch noch beeilen. Sie hätte wohl nicht gleich drei der Gewänder übereinander anziehen sollen. An einer Straßenecke begrüßte sie ihre Freundin Laertia, die dort schon auf sie gewartet hatte.

Sich unterhaltend gingen die beiden Frauen die Straßen und Gassen entlang auf das große Gebäude zu, dass von fast überall in der Stadt zu sehen war. Nach dem Tempel war die Therme das zweitgrößte Gebäude hier. Zusammen mit ihrer Freundin ging Bärtraut schnell über das Forum, mit seinen bunten Ständen, zu der Therme hinüber, wo sie sich jeden Mittwoch den Tag vertrieben. Die römischen Frauen in ihrem Alter waren oft schon verheiratet und sie war es vermutlich nur noch nicht, weil Markus noch nicht den richtigen Mann für sie gefunden hatte. Es war aber sicher nur noch eine Frage der Zeit. Laertia war schon seit zwei Jahren mit einem Ratsmitglied verheiratet und der ließ sie nur an diesem einen Tag in der Woche aus dem Haus.

Vor dem Gebäude, auf dem Platz mit dem Springbrunnen, verbeugten sich die beiden Frauen vor dem Standbild des Kaisers, bevor sie zu dem Eingang liefen. Von der Tür aus betraten die beiden Frauen einen Vorraum, an den sich ein Umkleideraum anschloss. In diesem Vorraum hatten sie ihre Kleider gegen weiße Umhänge getauscht. Zwei Sklaven nahmen ihnen ihre Sachen ab und verstauten sie in einem Regal. Als nächstes ging Bärtraut in einen weiteren Raum hinein, in dem sie sich den Staub der Stadt von Händen und Füßen wusch.

Es war mehr eine Art von ritueller Reinigung, denn sie waren natürlich gar nicht schmutzig, sie kamen ja aus guten Häusern. Die Sklaven oder einfachen Bürger wuschen sich sehr viel gründlicher in den Becken, die in zwei kleinen Nischen in den Wänden angebracht waren. Von dort aus betraten sie den ersten großen Raum. Die Decke war weit über ihnen zu einer Kuppel geformt. Durch große verglaste Fenster fiel helles Sonnenlicht in den Raum, das von den weißen Wänden reflektiert wurde. Nach den eher dunkleren Vorräumen blieben sie einen Moment geblendet im Licht der Sonne stehen.

Hier war in der Mitte ein großes Becken und an den Seiten standen, in kleinen Nischen, Sklaven an Liegen bereit, um die Badenden zu massieren. Es wurde immer wärmer und von dort aus gingen sie zum Bereich der Frauen. Wo sie die Umhänge ablegten und sich in das große Becken setzten. Sie scherzten und lachten in dem warmen Wasser.

So ähnlich die beiden Frauen sich auch äußerlich waren, so unterschiedlich waren sie in ihrem Inneren. Bärtraut laß die romantischen Gedichte und hatte sonst keine Erfahrungen mit Männern. Laertia machte derbe Witze und hatte bereits ein Kind, das im Moment die Amme bei ihr Zuhause betreute. Im Laufe des Morgens gesellten sich noch andere Frauen zu ihnen, bis sie etwa zwanzig waren. Hier waren sie unter sich und konnten über alles reden. Sklavinnen brachten ihnen Speisen und Getränke an den Beckenrand und standen auch für Massagen mit duftenden Ölen bereit.

Mit der Zeit stellte Bärtraut fest, dass sie die einzige war, die noch nicht verheiratet war und das, obwohl sie alle fast dasselbe Alter hatten. Die Frauen begannen sich über ihre Männer und Kinder zu unterhalten und damit war sie auch schon von der Unterhaltung ausgeschlossen. Sie stieg aus dem Becken und legte sich auf eine der Liegen. Ein Sklave begann sie durchzukneten und mit einem ätherischen Öl einzureiben. Sie schloss die Augen und träumte davon, auch bald verheiratet zu sein.

Das Lachen der Freundinnen riss sie aus ihren Träumen. Sie setzte sich an den Rand des Beckens und ließ die Beine in das Wasser hängen. Sie schaute auf die vielen Mosaikbilder rings um sie herum. Badende Männer und Frauen waren dort abgebildet. Laertia hatte ihr mal gesagt, dass die Bilder im Bereich der Männer sehr viel frivoler waren, als diese hier bei ihnen. Zu gern wäre sie da mal hinein gegangen, um sich die Abbildungen anzusehen. Schließlich griff sie sich ihren Umhang und schlich sich aus dem Badebereich.

Vorsichtig, sich nach allen Seiten umschauend, ging sie durch den mittleren Bereich, wo Frauen und Männer zusammen baden konnten, zu dem Bereich der Männer hinüber. Zum Glück war kein Mann in dem Becken, nur ein paar Sklaven schauten überrascht, als sie die junge Frau sahen. Schnell sah sie sich um und betrachtete die Bilder von Männern und Frauen in inniger Vereinigung. Die Schamesröte stieg ihr ins Gesicht und doch konnte sie nicht aufhören, auch noch die anderen Bilder zu betrachten, bis sie das letzte gesehen hatte. Als sie gerade gehen wollte betrat ein junger Mann, gefolgt von einem grauhaarigen Mann, den Badebereich und Bärtraut verschwand mit gesenktem Blick.

Schnell lief sie in den Bereich der Frauen zurück und rutschte am Beckenrand aus. Mit ihrem Umhang landete sie mitten zwischen den anderen Frauen in dem Becken und hinterließ eine Wasserfontäne. Alle lachten, wischten sich das Wasser aus den Gesichtern und so sahen die anderen Frauen auch nicht, woher die Röte in Bärtrauts Gesicht wirklich kam.

7. Kapitel

Handel und Freundschaften

arkus stand in seinem Geschäft, das er im vorderen Bereich des Hauses eingerichtet hatte. Zusammen mit Bärtraut und Augustinus kontrollierte er seine Waren und schichtete die angelieferten Felle um, so dass keines durch die Lagerung Schaden nehmen konnte. Alles, was es in den nördlichen Wäldern der Germania Magna gab, konnte man hier bei ihm erwerben. Aber auch Handelsware aus Rom hatte er gelagert. Zum Teil als Tauschware, für seinen Handel mit den Germanen, aber auch, um sie hier zu verkaufen. Abgetrennt davon befand sich im hinteren Bereich das Lager, wo er die Waren sauber aufgestapelt hatte, die er vorn im Raum nicht zeigen wollte oder wegen des Platzmangels nicht konnte.

Schon lange hatte er sich überlegt, ein weiteres Haus als Lager zu erwerben, oder sollte er sich gleich ein größeres nehmen, in dem er zusätzlich auch noch wohnen konnte? Er war nun auch schon seit vielen Jahren im Senat der Stadt und damit hatte er auch seinen Einfluss zu repräsentieren. Die beiden kleinen Häuser am Ende der Gasse schienen ihm da schon lange nicht mehr zu genügen. Wenn er in die Mitte der Stadt, zu den anderen Ratsmitgliedern eingeladen wurde, so staunte er immer wieder über den Luxus, der dort zu finden war. Zwar lebte er nun schon lange hier, aber doch eher bescheiden.

Die junge Frau war in den hinteren Bereich gegangen, um ein paar besonders schöne Felle für den Verkaufsraum zu finden. Bärtraut ließ ihre Finger durch die Felle gleiten und bei jedem Bärenfell fragte sie sich, ob es vielleicht der junge Bär war, der sie damals im Wald überrascht hatte. Aus ihrer Zeit in dem Stamm kannte sie all diese Dinge sehr genau, die Markus hier in Regalen und Säcken gelagert hatte, und wusste zu jedem eine Geschichte zu erzählen. Das war bei den Verkäufen von Vorteil und auch beim Ankauf der Waren konnte sie die Qualität sofort prüfen. Die Arbeit hier in dem Lager machte ihr viel Spaß und oft träumte sie sich in die Zeit im Wald zurück. Allerdings nur an die guten Tage, in denen sie mit der Mutter dort unterwegs gewesen war.

Sie kam gerade mit einer Kiste aus dem hinteren Teil des Lagers nach vorn, als zwei Männer den Laden betraten. Ein älterer, grauhaariger und ein etwas jüngerer. Als sie die Beiden erkannte, ließ Bärtraut vor Schreck die Kiste fallen. Es waren dieselben Männer, die sie vor ein paar Tagen in der Therme beim Bestaunen der frivolen Bilder im Männerbereich erwischt hatten. Schnell bückte sie sich, um die herausgefallenen Gegenstände wieder einzusammeln und die Kiste wieder aufzuheben. Damit konnte sie auch ihre auffällige Gesichtsfarbe für ein paar Augenblicke verstecken Zum Glück war nichts Zerbrechliches in der Kiste gewesen.

Markus stand am anderen Ende des Raumes und drehte sich um, als er die sich öffnende Tür und das Herunterfallen der Kiste gehört hatte. Er erkannte seine Gäste und kam mit offenen Armen auf die Männer zu „Gajus, mein alter Freund und Geschäftspartner." rief er und die beiden älteren Männer umarmten sich. „Darf ich dir meinen Sohn Claudius vorstellen." sagte Gajus und Markus gab dem Jüngeren die Hand. „Was führt euch aus dem fernen Rom hier zu uns in die Provinz?" fragte er die beiden Ankömmlinge und bot ihnen mit einer Handbewegung an, sich an den Tisch im vorderen Bereich zu setzen, an dem er gern seinen Handelsabschlüsse machte. Er drehte sich zu der Frau um, die nur wenige Schritte hinter ihm im Raum stand. „Bring uns Wein, Bärtraut." rief er ihr zu und sie eilte nach hinten.

Sie schaute in das Regal, in dem der Wein stand und überlegte, welchen der beiden Krüge sie nehmen sollte. Zwei verschiedene Sorten hatten sie, einen leichten, verdünnten Wein für die vornehmen Gäste und einen starken für die Händler aus dem Norden. Markus hatte gesagt, dass die Beiden aus Rom kamen. Also waren sie vermutlich den starken Wein nicht gewöhnt und da Markus sie bestimmt nicht betrunken machen wollte, um einen besseren Abschluss zu erreichen, griff sie zu dem leichten und süßen Wein.

Mit dem Krug und ein paar Gläsern kam sie wenig später wieder nach vorn, wo nun auch Augustinus mit an dem Tisch saß. Sie schenkte die vier Gläser voll und die Männer stießen an. Sie stand an der Seite und lauschte den Neuigkeiten aus der fernen Hauptstadt des Reiches. Claudius sollte im Auftrag seines Vaters hier ein Geschäft eröffnen und so konnte Markus dann dort seine Waren direkt einkaufen und brauchte dafür nicht mehr aus der Stadt. Ein Krug nach dem anderen wurde geleert und die Stimmung war ausgelassen. Später lud Markus die Beiden, nun noch fester verbundenen, Geschäftspartner noch zum Essen am Abend in sein Haus ein, was diese gern annahmen.

Die Frau eilte nach draußen, um die Mutter über die Gäste zu informieren, die auch schon wenig später aus dem Lager kamen, um sich für die weiteren Gespräche auf die Liegen des Essbereiches fallen zu lassen. So war das Reden viel bequemer. Als die Sklaven die Speisen auftrugen, setzten sich auch Bärtraut und Cecilia zu den Männern. Reichlich war der Tisch gedeckt, so wie es sich für einen Kaufmann, der Gäste bewirtet, gehörte. Die erlesensten Sachen wurden aufgetragen, den Gajus kam ja aus der Hauptstadt und da wollte sich Cecilia nicht die Blöße geben, irgendetwas nicht zu haben, nur weil sie hier in der Provinz lebten.

Nun wurde auch der stärkere Wein gereicht, der Gajus ganz besonders gut zu schmecken schien, da er sich immer wieder nachschenken ließ. Es wurde spät an diesem Abend und mit fortgeschrittener Zeit, und mit der Menge an Wein die ausgeschenkt wurde, wurde auch die Stimmung immer heiterer und bevor sich die Gäste verabschiedeten, waren Claudius und Bärtraut so gut wie verheiratet. Die beiden Väter hatten dies bei diesem besonders guten Wein festgelegt und so ihre Geschäftsbeziehungen noch mehr gefestigt.

Nur mühsam kam Gajus wieder von seiner Liege hoch, die er für Stunden nicht verlassen hatte. Sein Sohn musste ihn stützen, damit er nicht in den Raum fiel. Das von Cecilia angebotene Gästezimmer lehnten die beiden Gäste aber ab und so brachen sie auf, um in ihr Gasthaus zurückzukehren.

Bärtraut sah den beiden Gestalten noch ein Weile nach, bis sie im Dunkel der Straße verschwunden waren.

8. Kapitel

Eine Liebeshochzeit?

ereits am nächsten Morgen trafen Claudius und Bärtraut im Laden wieder aufeinander. Claudius war mehr als fünf Jahre älter als die Frau. Beide schauten sich an und da war eine gewisse Sympathie. Aber war es Liebe? Sie konnte es nicht sagen und ihre Freundin war weit fort. Bei sich zuhause und das hätte da auch auf dem Mond sein können. Der Mann von Laertia lies diese nicht heraus und Bärtraut sicher nicht hinein. So musste sie bis zum Badetag warten, um sie zu fragen.

Natürlich war er gut gebaut und seine Muskeln hatte sie ja schon im Bad gesehen. Aber reichte das? Cecilia hatte sie schon lange auf die Ehe vorbereitet. Die Mutter hatte mal gesagt „Die Frau sollte klug, schön und treu sein." Mehr wurde selten gefordert und all dies konnte Bärtraut sicher erfüllen, doch in ihrem Inneren blieb ein mulmiges Gefühl zurück, wenn sie daran dachte, bald seine Frau zu sein. Doch Frauen wurden nicht gefragt. Die Väter organisierten die Hochzeit und Widerspruch wurde hart bestraft. So fügte sie sich in ihr Schicksal.

Nachdem Claudius aus dem Raum gegangen war setzte sie sich an ein Fenster und schaute hinaus in den kleinen Garten, dabei stützte sie den Kopf in die Hände und dachte nach. Mara, eine Freundin von Laertia, hatte es gewagt ihrem Vater zu widersprechen. Jetzt war sie hinter dem Tempel als Prostituierte tätig. Ein ganz schöner Abstieg von der Tochter eines Angehörigen des Rates. Unwillkürlich schüttelte Bärtraut den Kopf und ihre Zöpfe flogen umher. Ein Geräusch ließ sie sich umblicken und sie sah seine Augen, die er auf sie gerichtet hatte. Er sah sie eher abschätzend an und überlegte vermutlich gerade, wie viele Kinder sie ihm wohl schenken würde. Zumindest deutete sie seine Blicke auf ihre Hüften so. Sie stand auf und ging zu ihm herüber, denn eine Unhöflichkeit konnte sie sich nicht leisten und dem Vater auch nicht antun. Sie wusste, was von ihr erwartet wurde.

Eher schüchtern gab sie ihm die Hand und der Druck der seinen war kräftig. Sicher hatte auch er in dem elterlichen Lager und Geschäft helfen müssen. Sie versuchte es mit einem Lächeln, was aber eher verkrampft wirkte. Er nickte ihr nur zu. Markus trat zu den Beiden und schickte dann die Frau wieder zum Wein holen aus dem Geschäft. Diesmal sollte sie gleich den starken Wein mitbringen. Ihr kam das im Moment ganz gelegen. Vermutlich wurden jetzt die letzten Absprachen zur Hochzeit und zur Mitgift getroffen und da hatte sie ja sowieso nichts zu sagen. Bärtraut ließ sich Zeit mit dem Krug. Als sie dann endlich wieder zurück am Tisch war sagte Markus „Noch diese Woche wirst du mein Haus verlassen." Sie zuckte ein wenig zusammen und dachte „So schnell?" ließ sich aber weiter nichts anmerken. Bärtraut stellte Krug und Gläser auf den Tisch, danach verließ sie das Lager.

Sie eilte zu Cecilia, um ihr die Nachricht des Vaters mitzuteilen und die erfahrene Frau nahm sie beiseite. Zusammen setzten sie sich schweigend in den kleinen Garten. Die Mutter wusste, dass nun die Zeit des Abschieds gekommen war und nun wollte sie noch so viel Zeit wie möglich mit Bärtraut verbringen. Vermutlich würde sie die Tochter nach der Hochzeit nur noch ein oder zweimal im Jahr privat sehen dürfen. So war das eben und sie dachte an ihre eigene Familie zurück. Natürlich war es bei ihr etwas anderes gewesen, ihre Familie lebte noch draußen, im Wald, irgendwo vor der Stadt. Da war ein Besuch sowieso nicht so leicht möglich. Bärtraut sah ein paar Tränen in den Augen der Mutter und hoffte, dass es Freudentränen waren, aber so ganz war sie sich da nicht sicher.

Sie ärgerte sich insgeheim, dass sie die Freundin bisher noch nicht gefragt hatte, wie das so in der Ehe zwischen Mann und Frau lief. Die Grundlagen hatte sie natürlich von der Mutter erhalten, indem sie einfach das Leben der Eltern beobachtet hatte, aber reichte das? Sie erhob sich von der Bank und ging in den Garten hinein. Sie brauchte erst mal eine gewisse Zeit, um sich an den Gedanken zu gewöhnen, schon bald nicht mehr hier zu leben. Noch zwei Tage blieben ihr, in denen sie ihre Sachen durchsuchte und alles bereit legte, was sie mit in ihr neues Zuhause nehmen wollte. Es war nicht viel, vor allem ihre geliebten Bücher packte sie sorgsam ein.

Am Sonntag wurde die Hochzeit durchgeführt. Laertias Mann hatte die Freundin nicht zu dieser Feier gelassen. Nur er stand bei den geladenen Gästen. Zu gern hätte sie die Freundin dabei gehabt. Die beiden Väter brachten ihre erwachsenen Kinder durch zwei Seiteneingänge in den Tempel, der Priester legte den beiden am Altar seine Hände auf den Kopf. Vor lauter Aufregung hörte Bärtraut kein Wort von der Ansprache, nur ein paar Wortfetzen drangen zu ihr durch. Von Treue und Kindern erzählte der alte Mann. Zusammen verließen Bärtraut und Claudius den Tempel durch den Haupteingang, als Mann und Frau.

Es folgte eine kleine Feier in der Familie, bis sich das junge Paar zurückzog. Bärtraut stellte erst jetzt fest, dass sie bisher kaum ein Wort gewechselt hatten. Interessierte er sich überhaupt für sie? Oder war es nur eine Art von Geschäftsabschluss für ihn gewesen. In den privaten Räumen schaute er sie an und sagte nur „Zieh dich aus und leg dich hin!" Für einen Moment zögerte sie, dann begann sie die Fibel zu lösen, die den Umhang über ihrer Schulter zusammen hielt.

Raschelnd fiel der Stoff zu Boden und nun stand sie in Unterwäsche in dem Raum. Sie sah ihn an und begann das Brusttuch zu lösen,

offensichtlich dauerte es ihm aber zu lange, denn er riss ihr das Hüfttuch herunter und drückte sie in das Bett. Noch bevor sie eine Bewegung machen konnte hatte er sich auf sie gelegt, ihre Arme festgehal-
ten und ihr die Beine mit den Knien auseinander geschoben. Sie dachte an Mara und lies Geschehen, was geschehen sollte. Sie wehrte sich
nicht, sondern biss nur angewidert die Zähne zusammen. Ein
Schmerz durchzuckte sie. Mit einem Stöhnen wälzte sich Claudius
von ihr und schlief neben ihr ein, während sich Bärtraut in den Schlaf
weinte.

9. Kapitel

Vorbereitung einer Handelsreise

Ihre Ehe dauerte nun schon vier Wochen, in denen Bärtraut gelernt hatte, dass es für Widerworte Schläge gab und für alles andere vielleicht mal einen Kuss. So versuchte sie alles so zu machen, um den Schlägen zu entgehen. Das Haus hatte sie in dieser Zeit auch kaum verlassen. Über seine Geschäfte hatte er auch nichts erzählt und ihr fehlte der Kontakt zu den anderen Menschen. Egal ob zu Kunden oder ihren Freundinnen. Da das Haus auch noch ein eigenes Badehaus hatte, durfte sie noch nicht mal in die Therme. So hatte sie sich ihr neues Leben nicht vorgestellt.

Oft weinte sie sich in den Schlaf und sie kam sich immer mehr wie eine Gefangene vor. Er war zwar sehr großzügig, aber was brachte das ihr? Außer ein paar goldene Ohrringe oder schönen Kleidern nicht viel. Die konnte sie noch nicht mal ihren Freundinnen zeigen. Das Haus war sehr schön, aber sie durfte niemanden hierher einladen. Als sie ihn einmal danach gefragt hatte, ob Laertia sie nicht doch einmal besuchen durfte, hatte sie nur einen wortlosen Schlag ins Gesicht bekommen, nicht sehr hart, aber es reichte, dass sie nie wieder fragte. Lebten etwa alle römischen Frauen so? Sie konnte sich nicht erinnern, dass Markus ihre Mutter einmal so behandelt hätte. Aber was wusste sie von den anderen? Welche Frau würde das schon zugeben? Sie sicher auch nicht, wenn sie in das Badehaus hätte gehen können. Dort hätte sie den Schmerz einfach weggelächelt!

Die Einsamkeit wurde für sie immer erdrückender und da sie sich niemanden von außen suchen durfte, schaute sie sich im Haus um, wer ihr da sympathisch war. Es gab eine Menge Personal hier im Haus. Claudius hatte zehn Sklaven. Einen Teil hatte er aus Rom mitgebracht und einen Teil erst hier gekauft. Da gab es Sklaven für den

Garten, für die Küche und sogar für das Badehaus hatte er einen Sklaven, der gleichzeitig auch Masseur war. Mit ihm unterhielt sich Bärtraut ab und zu, wenn sie in das Badehaus ging, doch mit dem älteren Mann war kein richtiges Gespräch zu führen. Er hatte anscheinend viel zu viel Angst, um frei mit ihr zu reden. Schließlich hatte sie sich mit einer der Küchensklavinnen angefreundet, die in ihrem Alter war. Sofia kam aus Rom und hatte Claudius hierher begleitet.

Wann immer es ging, begab sich Bärtraut nun in die Küche, auch wenn sich das für die Hausherrin nicht gehörte, aber so konnte sie Claudius sagen, dass sie die Sklavinnen bei der Arbeit überwachte und er war damit zufrieden. Während der Arbeit erzählte Sofia viel von der großen Stadt und Bärtraut hörte ihr gern zu. So erfuhr sie auch einiges über ihren Mann. Bisher war Sofia die Gespielin ihres Mannes gewesen und so hatten sie auch dazu Gesprächsstoff. Es war Pflicht, dass die Frauen treu sein sollten, aber genauso war es üblich, dass die Männer dies nicht ganz so ernst mit ihrer Treue nahmen. Sie hatten oft mehrere Gespielinnen, trieben es mit den Sklavinnen oder gingen zu den Prostituierten. Warum sollte das Claudius dann anders machen? Jeden Abend kam er, mehr oder weniger angetrunken, zu seiner Frau und am Tage vergnügte er sich oft noch zusätzlich mit Sofia.

Eines Tages kam er zu Bärtraut und war sogar nüchtern. „Ich werde in die nördlichen Wälder auf Handelsreise gehen. Du musst mich begleiten, du weißt ja, was die Stämme wollen und sprichst ihre Sprache." Bärtraut überlegte nur einen Moment. Wenn sie ablehnen würde, so würde er sie sicher schlagen. Seine Forderung war ja ziemlich eindeutig. Wenn sie annahm, so würde sie zurück in die dunklen Wälder, in die Gefahr müssen. Aber sie kam vielleicht wieder unter Menschen. Sie sah, wie er die Hand zum Schlag erhob und stimmte schnell zu. Ein Kuss war die Belohnung.

Bärtraut überlegte sich, was in den Wäldern ein gutes Geschäft versprach. So schrieb sie eine lange Liste und dachte dabei daran, dass sie doch damit eigentlich in den Bereich gingen, den Markus, ihr Vater, als sein Geschäftsfeld betrachtete. Sie hatte zwar keine Ahnung, was die Männer abgesprochen hatten, doch aus den Gesprächsfetzen der Unterhaltungen hatte sie geschlossen, dass Claudius die Waren aus Rom holen sollte, die Markus dann in die Wälder zum Tausch bringen sollte. Doch sie konnte das Haus nicht verlassen, um ihren Vater zu fragen und ihr Mann würde nur mit Schlägen antworten.

Hintergingen Gajus und Claudius hier ihren Handelspartner? Oder war es mit Markus so abgesprochen? Diese Frage trieb sie beim Schreiben der Liste an und so versuchte sie Dinge darauf zu setzen, die Markus nicht verkaufen konnte, von denen sie aber wusste, dass sie gefragt waren. Immer wieder kam der Albtraum in ihr hoch, der sie nun schon mehr als zehn Jahre begleitete. Mit jeder Zeile, die sie auf das Papier schrieb, kam sie dem axtschwingenden Mann im Wald immer näher, aber vielleicht hatte sie ja Glück und würde ihm dort nicht begegnen.

Sie fügte sich also in ihr Schicksal und übergab Claudius die Liste. Bereits ein paar Tage später stand ein kleiner zweirädriger Wagen, der von einem Pferd gezogen wurde, mit einer Plane abgedeckt, auf dem Innenhof ihres Hauses. Zwei Sklaven verluden all das, was Bärtraut auf die Liste geschrieben hatte und am Morgen darauf wollten sie aufbrechen. Sie hatte ihren Schmuck abgelegt und ein schlichtes Kleid gewählt. Die Aussicht darauf, endlich wieder das Haus zu verlassen, ließ sie singen und tanzen. Was konnte ihr schon geschehen?

Zügig machten sie sich auf den Weg. Der Wagen rumpelte durch die Gassen der Stadt und näherte sich immer weiter dem Tor. Je näher sie dem Ausgang der Stadt kamen, umso mehr verfinsterte sich Bärtrauts Miene. War es richtig, sich in Gefahr zu begeben? Bärtraut tat die Bedenken mit einen Kopfschütteln ab und sah nach vorn zum Wagen.

Sie waren zu sechst. Ihr Mann, zwei Sklaven, zwei bewaffnete Männer, die sehr muskulös waren, vermutlich ehemalige Krieger, und sie. Als sie die Brücke überquerten schaute sie noch einmal auf ihre Heimat der letzten Jahre zurück. Seit damals war sie nie wieder auf dieser Seite des Flusses gewesen. Würde sie die weißen Häuser jemals wieder sehen? Die kleine Gruppe erreichte den Wald und machte sich dort nach Norden auf. Der Wald war immer noch so Dunkel und bedrohlich, wie ihn Bärtraut in Erinnerung hatte.

Die Schneisen waren oft gerade mal so breit, wie der Wagen. So fuhren sie, immer wieder Handel treibend, von Dorf zu Dorf.

10. Kapitel

Ein Hinterhalt

---

ie Nacht hatten sie in einem kleinen Dorf verbracht. Bärtraut trat aus der Hütte und schaute nach oben zum Himmel. Es versprach ein schöner Tag zu werden. Blau und nur ein paar kleine weiße Wölkchen, so zeigte sich alles über dem Dorf. Die beiden Sklaven spannten gerade das Pferd vor den Wagen und Bärtraut verabschiedete sich von ihren Gastgebern. Sie schenkte der Frau eine schöne Spange, für die sich die Frau überschwänglich bedankte. Bärtraut drehte sich zum Wagen und bemerkte, dass nur noch Frauen und Kinder im Dorf waren. Auf ihre Nachfrage sagte die ältere Frau „Die sind alle auf der Jagd." Bärtraut nickte, verabschiedete sich und trat zu ihrem Mann.

Mit einem Kuss begrüßte sie ihn und er nahm sie in den Arm. So liebevoll, wie in den letzten Tagen hier im Wald, kannte sie ihn gar nicht. War das die ungewohnte Gegend oder versuchte er so seine Angst zu überspielen, die er ja sicher vor den Gefahren des Waldes hatte? Sorgsam prüfte er danach die Ladung und trat dann zu dem Pferd. Ein kurzer Ruf und die kleine Truppe setzte sich in Bewegung. Ihr Mann ging mit den zwei Sklaven vorn beim Pferd, während Bärtraut mit den zwei bewaffneten Begleitern hinter dem Wagen her lief.

Kurz nach dem Verlassen des Dorfes hatte sie schon wieder der Wald umfangen. Fast unwirklich kam ihr das vor. Noch vor ein paar Augenblicken war sie bei den Menschen gewesen und nur ein paar Schritte hinter der Hecke, die das Dorf umgab, war alles wie in einem anderen Leben. Nichts deutete darauf hin, dass hier in der Nähe Menschen lebten. Immer tiefer in den Wald hinein bewegte sich die kleine Gruppe und nicht nur das Pferd war nervös.

Sie waren eine ganze Strecke weit gekommen, als sich der Weg soweit verengte, dass die Bäume gerade noch den Wagen hindurch ließen. Finster war dieser Wald und die Männer neben Bärtraut wurden immer nervöser. Die Griffe ihrer Schwerter fest umklammert, gingen sie, sich nach allen Seiten umblickend, weiter. Der Wagen wurde immer langsamer. Die beiden Sklaven mussten das scheuende Pferd beruhigen und ziehen.

Mit einem dumpfen Schlag fiel direkt vor dem Wagen ein Baum um und die Männer rissen ihre Schwerter heraus. Sie hatten aber kaum Zeit sich umzudrehen, denn etwa zwanzig Männer stürzten hinter ihnen aus dem Dickicht. Dieser Übermacht waren die Zwei, zweifellos sehr kräftigen Bewacher, nicht gewachsen. Nach einem kurzen Kampf, bei dem er zwei der Angreifer niederstreckte traf den Ersten ein tödlicher Hieb. Sein Schwert fiel direkt vor Bärtrauts Füße und sie hob es schnell auf. Der zweite Bewacher sank ebenfalls tot zu Boden und nun stand die Frau den verbliebenen Angreifern gegenüber. Von vorn kam ihr Mann mit den Sklaven und sie schwang ihr Schwert.

Oft hatte sie geübt und war von Markus gut ausgebildet worden, doch gegen diese Übermacht konnte sie nicht gewinnen. Nur der schmale Weg sorgte dafür, dass sie überhaupt noch lebte. Immer nur zwei Angreifer konnten zu ihr durchdringen. Plötzlich sah sie das Schild wieder, das sie in ihren Albträumen so oft gesehen hatte. Ein rotes Schild mit einem weißen Eberkopf. Für einen Augenblick war sie unaufmerksam und erhielt einen Schwerthieb auf den Kopf, der sie zu Boden sinken ließ. Im Fallen sah sie wie einer der Angreifer ihren Mann mit einem Speer durchbohrte, dann verließen sie ihre Sinne.

Bärtraut erwachte wieder und ihr Kopf tat ihr weh. Sie fasste an die Stelle und griff in etwas klebriges, dass ihr Blut war, was sie an ihren Fingern sah. Die Haare waren blutverkrustet, aber sie lebte noch. Sie lag entkleidet am Rande des Weges unter den anderen Männern ihrer Begleitung, die auch alle entkleidet waren. Alle tot auf einen Haufen geworfen. Mühsam krabbelte sie unter den Leichen hervor. Die Angreifer hatten alles mitgenommen, sogar ihre Sachen und sie einfach hier für die wilden Tiere abgelegt, die dann ihre Spuren beseitigen würden. Sie setzte sich an einen Baum und hielt sich den schmerzenden Kopf. „Nur weg hier, aber wohin?" dachte sie sich, als sie wieder einen klaren Gedanken fassen konnte.

Taumelnd erhob sie sich und blickte sich um. Sie sah ihren Mann dort liegen und dachte an den Angreifer, der ihr nun schon zum zweiten Mal die Familie genommen hatte. Vor Wut und Schmerz begann sie zu weinen. Eine Bewegung im Unterholz ließ sie zusammen zucken. Waren die Männer zurückgekommen? Wieder sah sie die Bewegung und stellte erleichtert fest, dass es ihre Unterwäsche war, die jemand dort hingeworfen hatte und die sich nun im Wind bewegte. Vermutlich hatten sie dafür keine Verwendung gehabt. Schnell schlang sie sich Brust- und Hüfttuch wieder um. Für einen Moment kniete sie sich vor die Leiche ihres Mannes und nahm Abschied. Hatte sie für ihn ein paar Worte? Sie dachte an die Guten und schlechten Momente ihrer Ehe und bemerkte, das die Schlechten überwiegt hatten. Sie legte zum Abschied ihre Hand auf sein Gesicht, stand auf und dann lief sie, zuerst noch etwas unsicher, den Weg zurück.

Nach einer ganzen Weile sah sie vor sich den Wagen wieder. Er war umgekippt. Vermutlich waren die Räuber zu schnell gefahren und eines der Räder war an einer Wurzel zerbrochen. Alles war herausgeräumt, aber aus der Plane und einem Strick konnte sie sich ein Kleid machen. Ein weiteres Stück Stoff wickelte sie sich um den Kopf und ging weiter. Durch das Dorf der letzten Nacht wollte sie nicht gehen, da sie nicht wusste, ob die Angreifer nicht vielleicht aus diesem Dorf kamen. Also zweigte sie von dem Weg ab, als sich ein

Wildweg durch den Wald zog. Sie folgte diesem schmalen Pfad immer tiefer in den Wald hinein.

Da immer mehr Dornen auf dem Weg wuchsen setzte sie sich auf einen Stein und begann sich ein Stück Stoff um die nackten, völlig zerkratzten und stark blutenden Füße zu wickeln. Der weitere Weg führte zu einem Bach, an dem sie sich die Haare wusch und anschließend wieder die klaffende Wunde verband, die das Schwert an der Seite ihres Kopfes zurück gelassen hatte. Auch eine Strähne ihres Haares fehlte. Vermutlich hatte der Zopf auf dieser Seite das Schwert abgebremst und ihr so das Leben gerettet. Sie flocht die Haare schnell etwas anders und brach dann wieder auf. Immer wieder schaute sie sich ängstlich um, aber sie war im Moment ganz alleine im Wald.

11. Kapitel

Wieder alleine im Wald

S ie war nun schon den zweiten Tag hier alleine im Wald unterwegs. Immer weiter ging sie nach Süden und vermied es dabei, auf andere Menschen zu treffen. Bärtraut wunderte sich immer wieder, wieviel sie noch von dem wusste, was sie vor vielen Jahren im Wald gelernt hatte. Sie hatte essbare Wurzeln und Beeren gefunden und auch andere Grünpflanzen, die sie vor vielen Jahren mit der Mutter gegessen hatte. Wilde Tiere hatte sie zum Glück kaum gesehen. Die Felle der Wölfe und Bären waren bei den Römern so gefragt, dass es kaum noch diese Tiere hier in den Wäldern gab.

Bärtraut dachte an die toten Männer im Wald. Sie sah wieder die Gesichter der Toten vor sich und fragte sich einen Moment lang, warum sie wohl alle nackt gewesen waren. Sie erinnerte sich, dass die Angreifer den Sklaven die Kehlen durchschnitten hatten, also waren sie ihnen wohl lebendig in die Hände gefallen. Die beiden Männer hatten ja auch keine Waffen gehabt, um sich gegen die Angreifer zu wehren. Warum waren sie also alle nackt gewesen und die Gefangenen getötet worden? Ihr fiel wieder eine Geschichte ein, die ihr die Großmutter vor unendlich langer Zeit am Feuer des Hauses erzählt hatte.

Die alte Frau hatte ihr damals gesagt, dass es in den Wäldern auch Stämme gab, die ihre gefangenen Feinde, egal ob Mann oder Frau, vergewaltigten, töteten und selbst die Toten dann schändeten. Sie zeigten damit ihre Überlegenheit über die anderen. Sie hatte das damals nicht geglaubt, und das bis jetzt als Märchen für die kleinen Kinder abgetan, damit die nicht in den Wald gingen, doch anscheinend waren sie in die Hände eines solchen Stammes gefallen.

Bärtraut dachte an den Schrecken, den die Männer vor ihrem Tod ausgesetzt gewesen waren. Sie schaute an sich herunter. Sie hatte viele blaue Flecke am ganzen Körper, die vermutlich von der unsanften Behandlung nach ihrem vermeintlichen Tod stammten, aber sie konnte sich an nichts erinnern. Vermutlich war sie nur noch am Leben, weil die Angreifer sie für tot gehalten hatten. Was hatten sie mit ihr angestellt? Daran wollte sie im Moment lieber nicht denken. Nur so weit wie möglich fort von dieser Stelle des Todes im Wald.

Sie zog sich an einem Baum hoch und schleppte sich weiter durch den Wald. Immer wieder hatte sie sich gefragt, warum die Männer sie nicht einfach in der Nacht dort im Dorf überfallen hatte und die Erkenntnis war zurückgekehrt, dass die Stämme die Gastfreundschaft hoch hielten. Kein Gast durfte im Dorf zu Schaden kommen. Das würde die Götter erzürnen und die Schuldigen würden des Stammes verwiesen. Aber weit ab, mitten im Wald, da galt diese Gastfreundschaft nicht mehr. Vermutlich waren es dieselben Männer, mit denen ihr Mann am Abend zuvor getrunken hatte, die ihn am nächsten Tag getötet hatten.

Der Wald um sie herum war dicht und mit viel Unterholz durchzogen. Immer wieder musste sie die kleinen Dornenhecken umgehen, da sie unmöglich hindurchgehen konnte. Mit den Händen versuchte sie die Zweige von sich weg zu halten, damit sie nicht in ihr Gesicht trafen. Dabei wurden nun auch ihre Arme zerkratzt und es bildeten sich lange blutige Risse auf ihren Unterarmen.

Bärtraut schlich immer weiter nach Süden durch den Wald. Die Wunde am Kopf schmerzte immer mehr und sie stützte sich auf einen Ast, den sie irgendwo gefunden hatte. Immer durch den tiefsten Wald, in der Mitte der Hänge entlang, um nicht vor dem helleren Horizont eine Bild zu bieten. Zum Glück war der Stoff der Wagenplane so braun, wie der Waldboden. In ihrem weißen Kleid wäre sie sehr weit zu sehen gewesen, aber so war sie selbst auf kurze Entfernung nur schwer zu erkennen.

Trotz der eher langsamen Bewegung durch den Wald hatten die Hecken mit ihren Dornen den Stoff schon genauso zerfetzt wie ihr Kleid damals, als sie vor mehr als zehn Jahren durch den Wald gerannt war. Lange Streifen hingen von ihrer Hüfte abwärts und nur der Strick um ihre Taille verhinderte, dass sich das ganze Kleid in Streifen verwandelte. Ihr Gang wurde immer unsicherer und sie vermutete, dass sich die Wunde entzündet hatte. Sie versuchte sich daran zu erinnern, was ihre Großmutter ihr über die Heilpflanzen erzählt hatte, aber das war schon viel zu lange her. Irgendeine Pflanze zu nehmen, das schien ihr zu gefährlich. Es hätte ja sein können, dass sie sich eine giftige Pflanze direkt auf die Wunde legte und dann würde sie niemand finden oder ihr helfen können. Immer weiter, Schritt für Schritt, schleppte sie sich vorwärts. Wohin wollte sie eigentlich?

Sie waren mehr als zwei Wochen unterwegs gewesen, um hier her zu kommen und in ihrer derzeitigen Verfassung würde sie diese Strecke wohl kaum schaffen. Sollte sie in eines der Dörfer gehen? Natürlich würde sie dort die Gastfreundschaft genießen und wieder gesund werden können. Doch nach dem Aufbruch aus diesem Dorf? Was würde dann kommen?

Sie stieg einen kleinen Hang hinauf. Bärtraut machte eine unglückliche Bewegung, rutschte mit dem Fuß weg. Mit einem Knack zerbrach der Ast, auf den sie sich, wie auf eine Krücke, gestützt hatte, und sie rollte den Hang wieder hinab, bis sie an einem Bach zu liegen kam. Sie versuchte sich aufzurichten und sackte zurück. Vor Erschöpfung wurde ihr schwarz vor Augen. Als sie die Augen wieder aufschlug, beugte sich eine alte Frau über sie und betastete die Wunde am Kopf. Die Frau sprach in den Worten von Bärtrauts altem Stamm. „Du musst aufstehen. Ich werde dir helfen." mühsam rappelte sich Bärtraut mit ihrer letzten Kraft hoch und ging, auf die alte Frau gestützt, einen kleinen Weg, den sie bis gerade eben gar nicht gesehen hatte, bis zur einsamen Hütte der Frau, die sich mitten im Wald befand.

Als sie die Hütte betraten brach Bärtraut zusammen und erwachte später in einem Bett mit einem breiten Verband um ihre Stirn. Ein paar Blätter steckten unter dem Verband und die Schmerzen waren fast weg. Sie richtete sich auf und die alte Frau gab ihr einen warmen Kräutersud zu trinken. „Gegen das Fieber." sagte sie und Bärtraut antwortete „Danke." mit schwacher Stimme. Die alte Frau war überrascht die vertrauten Worte zu vernehmen und so erzählte Bärtraut schnell ihre Geschichte, bevor sie erschöpft wieder einschlief.

12. Kapitel

Verschlungene Wege heimwärts

Ein paar Tage hatte sie im Fieber gelegen, bevor es ihr wieder besser ging. Die alte Frau hatte die Wunde mit ein paar Stichen genäht und wenn das Haar später drüber gewachsen sein würde, so würde man sicher nicht mehr viel davon sehen können. In den Tagen, in denen sie in der Hütte gelegen hatte, hatte es wie aus Eimern gegossen. Sie hatte das Wasser auf dem Hüttendach gehört und die Blitze hatte die Nacht durchleuchtet. Irgendwie war es eine unheimliche Atmosphäre gewesen. So tief im dunklen Wald, in einer einsamen Hütte.

So windschief und baufällig die Hütte auch von außen ausgesehen hatte, so trocken und warm war es in ihrem Inneren. Kein Tropfen drang durch das Dach herein. Diese Behausung war schlicht aufgebaut und ärmlich eingerichtet, aber der alten Frau reichte es, sie hatte hier alles, was sie brauchte. Ein kleines Fenster ließ etwas Licht herein. Glas kannte die Frau nicht, nur ein Fensterladen aus Holz verschloss in der Nacht die Öffnung. Trotz der ärmlichen Ausstattung war doch die Liebe der Frau in jedem Detail zu spüren. Sie hatte es sich über all die Jahre so eingerichtet, dass sie gut damit zurecht kam und nur wenige Dinge erinnerten noch an das Leben, das sie sicher auch mal in einem der Dörfer gelebt hatte.

Es war schon fast ein Wunder, dass der Regen so lange gewartet hatte, bis Bärtraut im Trocknen gewesen war. Wenn es sie draußen erwischt hätte, so wäre sie sicher irgendwo fortgeschwemmt worden, oder im Schlamm ausgerutscht und sicher jetzt schon nicht mehr am Leben. Die Wunde hatte sich wirklich entzündet, aber die alte Frau wusste sich immer Rat. Bärtraut schaute durch das Fensterloch nach draußen auf die Bäume, die nur ein paar Armlängen vor der Hütte standen. Jetzt zog der Nebel durch die dichten Wälder und der Boden war so aufgeweicht, dass man nicht nach draußen gehen konnte. Also verbrachte sie noch ein paar Tage mit der alten Frau in der kleinen Hütte. Bärtraut konnte die Ruhepause auch gut gebrauchen. Die alte Frau war fast sechzig Sommer alt und hieß Sigrun. Sie war eine ausgestoßene und hatte nicht allzu oft Kontakt zu den anderen Menschen.

In ihrer Zeit hier im Wald hatte sie alle die Pflanzen kennen gelernt, die rings um die alte Hütte wuchsen und da sie beide Zeit hatten, brachte Sigrun Bärtraut etwas von der Wirkung der grünen Helfer bei. Bei manchen Erklärungen Sigruns kam auch die Erinnerung zurück, was ihre Großmutter damals zu ihr gesagt hatte. Es war wie eine Reise in ihr früheres Leben im Wald. Nach dem zehnten Tag verabschiedete sich Bärtraut von ihrer neuen Freundin. Die ältere Frau sagte „Ich habe in deinen Augen gesehen, dass du schwanger bist. Pass auf dich auf und gehe nach Süden bis zum großen Fluss."

Bärtraut war etwas überrascht durch die Nachricht, aber Sigrun hatte sicher Recht. Die erfahrene Frau wusste, was sie sagte und tat. Hier im Wald konnte man sich keine Fehler erlauben. Wie die Freundin ihr geraten hatte, so hielt sie sich weiter in Richtung der Mittagssonne. Das war zwar an manchen Stellen etwas schwierig, da die Strahlen oft nicht bis zum Waldboden herunter gelangen konnten, aber sie korrigierte immer wieder die Richtung, wenn sie wieder einen Sonnenstrahl abbekam. Am meisten hatte sie davor Angst, hier im Wald im Kreis zu gehen und den Ausgang aus diesem dunklen Gefängnis nicht mehr zu finden.

Oft konnte sie keinen Steinwurf weit sehen und so folgte sie, wenn möglich, den Bachläufen im Wald. Der Weg war sehr schlammig. Sie konnte weiter nur an den Hängen gehen und auch dort war der Weg sehr schwierig. Manchmal rutschte sie aus und musste sich mühsam wieder aufrappeln. Zum Glück hielt die Sonne durch und es regnete nicht mehr. Auf ihrem Weg lagen wieder einige Dörfer, die sie weit umging, damit sie nicht auf die Menschen treffen musste.

Wer war Freund und wer Feind? Eigentlich war bei ihr ja nichts zu holen, aber sie hatte das Vertrauen zu den Menschen verloren und doch war sie auf dem Weg, wieder zurück zu den Menschen. Zu den Menschen in der Stadt. Ihren Freunden, die weit entfernt im Süden lebten. Oder sollte sie so wie Sigrun im Wald leben? Fern ab von allen anderen Menschen? Unwillkürlich schüttelte sie bei diesem Gedanken den Kopf. Der tat immer noch weh, vor allem, wenn sie ihn schnell bewegte, wie gerade eben. Sie suchte sich einen Platz im Moos, der trocken war, und ließ sich dort mit dem Rücken an einem Baum nieder.

Ein Knacken im Wald ließ sie zusammen zucken. Unter ihr am Hang, keinen Steinwurf entfernt, liefen fünf Wölfe hintereinander durch den Wald, doch sie beachteten die Frau nicht. Als sie weg waren erhob sich Bärtraut. Nun ging sie sehr viel vorsichtiger vorwärts. Am Tag lief sie und nachts schlief sie irgendwo versteckt im Wald. So ging das mehr als eine Woche, bis sie am Rande des Flusses stand. Doch wohin nun? Flussabwärts? Oder Flussaufwärts? Zu beiden Seiten war nichts zu sehen. Nur Wasser und Wald bis zum Ufer.

Sich selbst fragend und zaudernd stand sie am breiten Fluss und konnte sich nicht entscheiden. Wohin nur? Nach rechts war der Weg etwas besser und so schlug sie diese Richtung ein. Gegen Abend hörte sie ein Geräusch auf dem Wasser und als sie sich umsah bemerkte sie ein römisches Patrouillenboot, dass von einigen Legionären gerudert wurde. Es war fast in der Mitte des Flusses und so musste sie sich anstrengen, um die Männer auf sich aufmerksam zu machen. Sie schrie und winkte und die Soldaten bemerkten sie zum Glück. Vorsichtig näherte sich das Schiff, denn es hätte ja auch eine Falle sein können. Schließlich sprang Bärtraut an Bord und fragte „Bringt ihr mich nach Colonia? Zu Markus, dem Händler?" dann brach sie vor Erschöpfung zusammen.

Als sie wieder die Augen öffnete lag sie im hinteren Bereich des Schiffes. Es schaukelte etwas. Sie sah die Rücken der Soldaten, die vor ihr standen und schaute in die angestrengten Gesichter der Ruderer. Sie richtete sich auf und zog sich an der Bordwand hoch. Einer der Soldaten neben ihr zeigte nach vorn, wo schon die Brücke über den Fluss zu sehen war. Etwas später legte das Boot am Anleger daneben an. Sie war wieder Zuhause.

13. Kapitel

Ein neuer Mann

Mit ihrer Rückkehr begann erst so richtig das Verarbeiten der letzten Wochen. Sie schlief in ihrem Elternhaus, da sie viel zu viele schlechte Erfahrungen in dem anderen Haus gemacht hatte. Cecilia kümmerte sich rührend um die seelisch und körperlich verletzte Tochter.

Ein paar Tage lang war sie nicht in der Lage gewesen, das Haus zu verlassen. Jedes Mal, wenn sie es versuchte, brach sie schweißgebadet an der Tür zusammen. Sie hatte das Gefühl, dass die Männer aus dem Wald vor der Tür stehen würden, wenn sie die Tür öffnete. Erst Laertia gelang es die Freundin, mit der Aussicht auf das Badehaus, auf die Straße zu bringen. Nur in der Begleitung der Freundin, und von Sofia, gelang es ihr beim zweiten Mal, die Therme zu erreichen.

Nachdem sie nun das Haus wieder verlassen konnte, sich bei Markus ausgeschlafen und bei jeder offiziellen Stelle Bericht erstattet hatte, was da so im Wald geschehen war, wollte sie zurück in das Haus, dass sie zusammen mit Claudius bewohnt hatte. Sie hatte zwar nicht viele positive Erinnerungen an das Haus, aber irgendwie war es doch ein Teil von ihr geworden. Nur ein paar Wochen war sie verheiratet gewesen und nun schon Witwe, mit noch nicht mal neunzehn Jahren. Als sie vor das Haus trat, sah sie ihren Schwiegervater in der offenen Tür stehen, so als ob er auf sie gewartet hätte, der sie beschuldigte für den Tod ihres Mannes, seines Sohnes, verantwortlich zu sein.

Da es, außer ihr, keine Zeugen für die Ereignisse gab, hatte sie keine Möglichkeit, sich dagegen zu wehren. Auch die Narbe war da kein Beweis, sondern sorgte nur für noch mehr Argwohn. Konnte jemand einen Schwerthieb gegen den Kopf überleben? Hätte der Angreifer eine Axt gehabt, so hätte er ihr damit sicher den Schädel gespalten. Vermutlich hatte sie instinktiv den Kopf weg gedreht und damit nicht die ganze Kraft des Hiebes abbekommen. Doch wer glaubte ihr schon so etwas?

Der alte Mann jedenfalls schrie sie an und verwies sie des Hauses. Nach der kurzen Ehe hatte sie auch keinen Anspruch auf irgendeine Versorgung. Nur ihre Kleider und Sofia durfte sie behalten. Für beides hatte der alte Mann keine Verwendung gehabt. So zog sie wieder mit der Freundin und den Kleidern, über dem Arm gehängt, zurück in das Haus von Markus. Zum Glück wurde sie nicht angeklagt, da der Richter ihr geglaubt hatte. Was konnte eine schwache Frau schon gegen fünf Männer ausrichten und schließlich war sie mit leeren Händen zurückgekehrt.

War es nicht auch alles irgendwie die Schuld von Claudius gewesen? Wenn er vielleicht mit Markus, dem viel erfahreneren Händler, aufgebrochen wäre, so hätte dieser ihm sicher helfen können. Aber so? Nur mit Bärtraut, als Führerin, in den Wald zu gehen? Hätte sie ihn aufhalten sollen? Sie dachte wieder daran zurück, wie er sie immer behandelt hatte und auch an die Schläge, die ihr für jedes Widerwort sicher gewesen waren. Nein! Claudius war in seiner Selbstüberschätzung selbst Schuld an dem Ganzen gewesen!

Dass sie aber selbst mitgegangen war, wo sie doch die Gefahren nur zu deutlich gekannt hatte, wunderte sie immer noch. Nur um den Schlägen des Mannes auszuweichen, hatte sie sich in die Gefahr fremder Schwerter und Äxte begeben. Unmerklich schüttelte sie bei diesem abwegigen Gedanken den Kopf.

So lebte sie nun wieder bei ihrem Vater, der das nur Zähneknirschend hinnahm. Sein Haus war zwar ihr Elternhaus, aber eine Witwe wieder aufzunehmen, dafür hatte er kein Verständnis. Vermutlich auch, weil die Umstände des Todes von Claudius so ungewiss waren und ein jeder sicher im Geheimen darüber redete. Das konnte seinem Ruf als ehrbarer Händler schaden. Und sein guter Ruf war bare Münze wert.

Es vergingen wieder Wochen, in denen Markus versuchte sie irgendwie wieder loszuwerden. Eine schwangere Witwe wollte er so schnell wie möglich neu verheiratet wissen. Wenn das Kind dann erst mal geboren war, würde sie nicht mehr verheiratet werden können, da war er sich sicher, und darum machte er sich in jeder freien Zeit auf die Suche nach einem Mann. Und in seinem Haus wurde es auch zu eng, da ja Sofia nun auch mit eingezogen war. Bärtraut hatte darauf bestanden, dass Sofia in einem der Gästezimmer wohnte und nicht, wie es üblich war, als Sklavin im Sklavenhaus.

In der Therme musste sie nun jeden Mittwoch von ihren Erlebnissen im Wald erzählen und auch Sofia nahm bei diesen Treffen mit Teil. In der Therme spielte es keine Rolle, ob jemand ein Sklave war oder ein freier Bürger. Das Badehaus war so ziemlich der einzige Platz im ganzen römischen Reich, wo alle Menschen gleich waren. Sigrun hatte in allem Recht behalten, im Weg und auch was die Schwangerschaft betraf. Bärtrauts Bauch wölbte sich schon etwas nach vorn.

Je weiter sich der Bauch wölbte, umso eifriger suchte Markus einen neuen Mann für Bärtraut. Fast schon verzweifelt wurde diese

Suche und schließlich wurde er fündig. Justius, ein reicher Tuchhändler, zeigte Interesse an der Tochter. Natürlich wurde sie auch diesmal nicht gefragt, ob sie den Mann heiraten wölle. Es war eben üblich, dass die Männer alles alleine mit sich selbst ausmachten. Am Abend kam Justius in den Laden und dort redete Markus mit ihm über die mitzugebende Mitgift. Wie von fern hörte Bärtraut das Gespräch der Männer. Sie hatte den Eindruck, hier wurde irgendwie um sie gefeilscht!

Die beiden erfahrenen Händler wussten jeder genau, was sie haben wollten und was sie zu geben bereit waren. Dabei ging es aber weniger um die Frau, als um ein paar Münzen mehr oder weniger und ob ein weiteres Fell den Besitzer wechselte. Schließlich wurden die beiden Männer sich einig. Mit einem Handschlag und einem Krug des besten Weines besiegelten sie ihren Handel und auch dabei ging es nur sehr wenig um Bärtraut. Schon in derselben Woche war die Frau neu verheiratet. Zusammen mit Sofia zog sie aus dem Hause von Markus aus und in das Haus des Tuchhändlers ein, der auch eine Färberei betrieb. Sie wunderte sich, wie wenig sie doch selbst besaß und wie viel, im Gegensatz dazu, doch die Mitgift gewesen war.

Ihre Habe konnten die beiden Frauen tragen, die Mitgift wurde mit einem Wagen hinter ihnen hergezogen. Irgendwie kam ihr das Ganze sehr seltsam vor.

14. Kapitel

Schrecken einer Ehe

Diese zweite Ehe stand nicht unter dem Segen der Götter. War schon ihre erste Ehe nicht so wirklich Glücklich gewesen, so erlebte sie nun, mit dieser zweiten, die Hölle auf Erden. Schlimmer, als sie es sich jemals hätte vorstellen können, traf sie diese Erkenntnis bereits, bevor sie das Haus betrat. Es war zwar genauso groß wie ihr altes, aber da auch eine Färberei darin mit untergebracht war, hatten sie in den Wohnräumen nicht mehr so viel Platz. Durch die Färberei stank es im gesamten Haus wirklich abscheulich. Dazu kam auch noch, dass Sofia jetzt im Sklavenhaus wohnen musste und in der Färberei mitarbeiten sollte. So war die Freundin eigentlich für sie nicht mehr zu erreichen.

Doch das war immer noch nicht genug. Bärtraut überlegte, ob sich das noch steigern ließ und am liebsten wäre sie schreiend weggelaufen, doch er zog sie einfach hinter sich her. Alles sträuben von ihr half nichts. Kaum war sie im Haus eingezogen, ließ Justius seine Maske fallen. Jetzt war er nicht mehr der kleine, dickliche, freundliche Herr von etwa sechzig Jahren, wie er sich bisher ihr gegenüber gegeben hatte, sondern ein grausamer alter Mann. Kaum war die Tür zu ihren privaten Räumen geschlossen, schlug er sie so zusammen, dass sie am dritten Tag der Ehe ihr ungeborenes Kind verlor und so wieder frei wurde für sein Kind.

Er sagte ihr zwar nichts über seine Pläne, die er mit ihr hatte, und redete auch sonst nicht viel, aber seine Absichten wurden durch seine Handlungen nur allzu deutlich. Da er bisher noch keinen Erben für sein Geschäft hatte, sollte nun Bärtraut ihm diesen Erben schenken. Kaum hatte sie sich von der Fehlgeburt einigermaßen erholt, begann er seinen Plan in die Tat umzusetzen. Er demütigte sie, wo immer es ging, und forderte mehrmals am Tage seine ehelichen Rechte ein. Nach außen hin machte er weiter auf freundlicher alter Mann, aber ihr gegenüber war er nicht sehr Entgegenkommend.

Er schloss sie praktisch vor der Umgebung ab. Gäste kamen, wegen des Gestanks, nie zu ihnen nach Hause und er ließ Bärtraut höchstens in den Innenhof, wo sie es zwar auch nicht lange aushielt, aber immerhin manchmal Sofia sehen durfte. Reden war der Sklavin nicht möglich, wenn sie zu lange stehen blieb, so drohte ihr die Peitsche des Aufsehers und das wollte Bärtraut auch nicht zulassen. So manche bittere Träne und so mancher leise Fluch gingen von den Frauen aus. Nur mittwochs ließ Justius Bärtraut zu ihrem geliebten Badetag gehen.

Diese schämte sich aber so sehr, dass sie den Freundinnen nichts von den Zuständen in der Ehe erzählte. Sie hatte alle Mühe, die blauen Flecken, die sie überall am Körper hatte, und die man in der Therme nicht verstecken konnte, mit ihrer eigenen Ungeschicklichkeit zu erklären. Nach außen hin lustig, zog sie sich immer mehr in ihr Innerstes zurück. Tief drin begann ein schrecklicher Verdacht zu wachsen. Ging es den anderen Frauen vielleicht so wie ihr? Waren sie alle Zuhause nur die Sklavinnen der Männer? Der Verdacht lag nah. Hatte Laertias Mann die Freundin doch wieder nicht zur Hochzeit gelassen.

Nach den Freuden der Therme wollte Bärtraut am liebsten gar nicht mehr heim, doch was wäre die Folge gewesen? Schläge oder sogar Kerker, wenn Justius sie vor Gericht bringen würde, wegen Nichterfüllung der ehelichen Pflichten. Lange stand sie an einem dieser Mittwochabende vor dem Haus und traute sich nicht hinein. Es wurde schon dunkel und immer noch stand sie vor dem Haus in der Gasse. Was tun? Schließlich beugte sie sich in ihr Schicksal und zog die Tür hinter sich zu. Ihr Mann hatte schon auf sie gewartet. Mit den Worten „Wo hast du dich so lange rumgetrieben!" ergriff er ihre Hand und zog sie hinter sich her in die Gemächer. Als Bärtraut nicht schnell genug hinter ihm her ging, riss er sie an sich, mit einer Kraft, die sie ihm nie zugetraut hätte.

Er stieß sie in ihr Zimmer und knallte die Tür hinter sich zu. Zornig funkelten seine Augen sie an. Er trat ganz dicht an sie heran. Justius dreht ihr die Hand um, bis ihr vor Schmerz die Tränen kamen, dann zerriss er ihr das Kleid und warf sie regelrecht gegen die Wand des Zimmers. Sie sackte zusammen und blieb in Unterwäsche dort liegen. Mehr vor Schreck erstarrt, als vor Schmerz.

So zornig kannte sie ihn bisher noch nicht. Sein Gesicht war wie zu einer Fratze verzerrt und er machte ihr schon damit richtige Angst. Für einen Moment war nichts Menschliches in seinem Gesicht und sie hatte das Gefühl einem Dämon ausgeliefert zu sein. Justius steigerte sich immer weiter in seinen Zorn hinein und für Bärtraut wurde es wie eine neue Stufe der Gewalt. Er zog sie an sich, zerriss ihr die Unterwäsche und drückte sie mit dem Gesicht in das Bett. Sie schrie, während er sich an ihr verging und mit einem stöhnen ließ er von ihr ab. „Das soll dir eine Lehre sein, mich zu hintergehen!" schnaufte er und verließ ihr Zimmer wieder.

Bärtraut weinte sich an diesem Abend wieder mal in den Schlaf. Diese Ehe dauerte jetzt noch keine zwei Monate und war schon nicht mehr auszuhalten. In diesem Raum, von vier Mal vier Schritten Größe, war sie ihm völlig ausgeliefert. Niemand konnte ihr helfen. Schlimmer wie eine Sklavin lebte sie hier. So wollte sie nicht weiter leben! So konnte sie es nicht! Am nächsten Morgen betrat sie den Innenhof, um Sofia bei der Arbeit zuzusehen. Sie bemerkte die Kräuter, die gerade angeliefert worden waren, und die zum Färben der

Tücher verwendet wurden. Mitten in dem grünen Haufen sah sie eine Pflanze herausleuchten, die sich bei der Ernte da dazwischen geschummelt hatte.

Schnell bückte sie sich und zog die kleine Blume hervor. Unscheinbar war diese Pflanze und doch ein Zeichen der Götter. Sie schaute sich die Blume an und fand was sie suchte. Eine kleine Knolle, in der eine schwarze Beere verborgen war. Unscheinbar wie die Blume und doch so tödlich in ihrer Wirkung. Sie löste die kleine Beere ab und verbarg sie in ihrem Kleid. Ein Gedanke begann in ihrem Kopf zu kreisen „Er oder ich!" dann setzte sie sich in die Sonne und begann zu lächeln.

15. Kapitel

Erlösung aus der Not

Die kleine Beere war zu einer Hoffnung geworden. Zu einer Art von Ausgang, der zwei Türen hatte und von dem sich Bärtraut noch nicht entschieden hatte, welche davon sie wählen sollte. Das Einzige, das sie wusste war, dass diese kleine Beere, zerrieben und in einem Getränk aufgelöst, den sicheren Tod bringen würde. Sigrun hatte ihr dies im Wald erklärt und die Pflanze gezeigt. In geringen Mengen wirkte sie anregend, doch eine ganze Beere brachte ein schnelles Ende. Doch wem? Justius oder Bärtraut? Das war die Frage. Doch schnell kam die Erkenntnis, dass sie keine Mörderin war. Damit war die Entscheidung gefallen. Nun musste sie nur noch auf den richtigen Moment warten.

In einer kleinen Schachtel auf dem Fensterbrett hatte sie die Beere ein paar Tage lang getrocknet und dann hatte sie sie zerrieben. Sie ließ sich einen Krug Wein bringen, zog sich ihr schönstes Kleid an und mischte sich ihr letztes Getränk. Sie dankte den Göttern vor dem kleinen Hausaltar und griff sich den Becher. Bärtraut schaute auf die schillernde Oberfläche des Weins, in dem sich bei jeder Bewegung kleine Ringe zeigten. „Worauf warte ich noch?" fragte sie sich in Gedanken. In dem Moment, wo sie den Becher zum Mund führen wollte, kam Justius in ihren Raum, nahm ihr den Wein ab und schlug ihr ins Gesicht. Bärtraut stürzte zu Boden und bevor sie etwas sagen konnte, hatte er das Getränk schon ausgetrunken. Danach ging ihr schönes Kleid in Fetzen und dann begann er sich wieder an ihr zu vergehen. Bärtraut schrie in Verzweiflung und Schmerz auf.

Mitten in seiner Bewegung stoppte er, nur wenige Augenblicke, nachdem er den Wein getrunken hatte. Mit einem Schrei griff der Mann sich ans Herz und fiel röchelnd nach hinten um. Die Frau lief zur Tür und öffnete diese „Schnell, einen Medicus!" rief Bärtraut einem Sklaven zu, der im Vorraum wartete und sofort aus dem Hause zu dem Manne eilte, der nicht weit von der Färberei wohnte. Wenig später konnte der Medicus nur noch den Tod von Justius feststellen. Er schaute sich in dem Raum um und in Anbetracht der eindeutigen Situation, Bärtraut konnte sich nur mit Mühe das zerrissene Kleid über dem nackten Körper zuhalten und der Mann lag nackt im Raum, sagte der Medicus „Nun ja, er war eben keine zwanzig mehr. Er hat sich zu sehr verausgabt." damit verabschiedete er sich von der Frau und verließ das Haus.

Mit einem Mal war alles anders für Bärtraut.

Hätte sie sagen sollen, dass das Gift für sie gewesen war? Was hätte es gebracht? Wer hätte ihr das schon geglaubt? Wieder dachte sie an die Erlebnisse bei der Befragung nach ihrer Rückkehr aus dem Wald. Sicher wäre sie angeklagt worden. Wieder gab es keine Zeugen und diesmal wäre der Richter sicher nicht so gnädig gewesen, sie freizusprechen. So war es sicher ein Zeichen der Götter. Und sie hatte ihn ja nicht gezwungen das Gift zu trinken. Sie setzte sich in das Bett und schaute zu wie zwei Sklaven die Leiche ihres Mannes in sein Zimmer, am anderen Ende des Flures, brachten, um sie dort für die Bestattung vorzubereiten. Bärtraut konnte es noch gar nicht glauben. Vor wenigen Augenblicken noch war sie dem Tode näher gewesen, als dem Leben und nun war sie Erlöst.

Sie saß so die ganze Nacht und dachte nach. Sie schwankte zwischen Selbstanklage und Freude über die Erlösung. Aber hatten ihr die Götter nicht diese Beere zugespielt? Sie ging zum Hausaltar und kniete sich davor. Lange fand sie keine Worte und so schaute sie nur die kleine weiße Göttin an, die sich darin befand. Es schien ihr als ob die kleine Figur ihr zulächelte und nickte. Die Sonne des nächsten

Tages sah eine andere Frau. Da Justius keine Erben hatte, fiel sein ganzes Vermögen an seine Witwe Bärtraut. Mit einem Mal war sie nicht mehr die gedemütigte Ehefrau, sondern eine reiche Witwe. Was sollte sie mit all dem Geld machen? Sie betrat den Innenhof ihres Hauses und roch wieder den Gestank der Färberbrühe. Das würde sie gleich nach der Beerdigung ändern, aber noch vorher gab sie Sofia ihre Freiheit. Sie erlöste ihre Freundin aus dem Halsband der Sklaverei.

Zusammen mit ihr machte sie sich auf den Weg, alles für die Beerdigung vorzubereiten. Das Mausoleum musste gebaut und die Leiche vorbereitet werden. Am Abend des Tages saßen die beiden Frauen im Innenhof des Hauses und obwohl es schon auf den Herbst zuging, wollten sie so lange wie möglich vor dem Haus bleiben. Ein kleiner Springbrunnen plätscherte, ein paar Vögel sangen ein Lied und es stank nach der widerlichen Brühe. Beide beredeten, was sie ändern konnten. Für Sofia war es der erste Abend, den sie wieder in der Freiheit verbrachte und auch der erste Abend, an dem sie keine Sklavin mehr war, sondern eine freie Frau.

Zum Glück war Justius sein ganzes Leben lang so geizig gewesen, dass sich Bärtraut nun keinerlei Sorgen mehr um ihre Zukunft zu machen brauchte. Das Geschäft lief sehr gut, sie wollten aber zusammen ein paar Dinge ändern. Als sie das Haus betraten, hatten sie so viele Ideen gesammelt, die sie nun nach und nach umsetzten wollten. In dieser ersten Nacht schliefen die beiden Frauen zusammen in Bärtrauts Bett, da sie nicht alleine sein wollte. Nicht mal einen Tag war es her, dass ihr Mann gestorben war und wenn sie das Zimmer verließ, fiel ihr Blick auf die Tür des Zimmers, in dem er aufgebahrt war. Irgendwie war ihr das unheimlich, seine Leiche so nah bei sich zu haben. Eine Woche später hatte Bärtraut ein ungenutztes Nachbargrundstück gekauft und die Färberei dorthin umgesiedelt. Mit Sofia richtete sie in den nun leer stehenden Räumen eine Schneiderei ein.

Nun nähte Sofia mit großem Geschick, aus den gefärbten Stoffen, schöne Gewänder, die Bärtraut dann an alle Frauen der Stadt mit großem Gewinn verkaufte. Nur mittwochs war das Geschäft geschlossen, denn da war ja Badetag. Vor den Männern war Bärtraut nun auch erstmal geschützt, keiner wollte eine Frau heiraten, die in einem Jahr gleich zweimal Witwe geworden war. Niemand wollte der Dritte sein und ihr gefiel das ganz gut. Das Leben war so viel angenehmer geworden.

16. Kapitel

Vereinigter Handel

Zusammen mit dem Geschäft hatte Bärtraut auch einen Sitz im Senat der Stadt von Justius geerbt, den sie als Frau aber nicht besetzten durfte. Doch sie durfte einen Vertreter bestimmen und wählte Augustinus, ihren Stiefbruder. Erstens kannte sie nicht viele Männer, und zweitens hatte sie nur zu Markus und Augustinus Vertrauen Der Bruder überlegte erst eine Weile, bevor er das Angebot annahm. Schließlich hing eine sehr große Verantwortung an dieser Position und er wusste nicht, ob er dem schon gewachsen war. Doch Bärtraut konnte ihn schließlich davon überzeugen.

Markus saß schon im Senat und freute sich natürlich über den Stimmzuwachs, der durch Augustinus im Senat nun auf seiner Seite war. Auch das Geschäft, das Bärtraut zusammen mit Sofia führte, wurde ein großer Erfolg. Cecilia war die erste Frau gewesen, die ein Kleid von Sofia trug. Stolz zog sie es bei jeder Gelegenheit an und so war es nur eine Frage der Zeit, bis Markus zu Bärtrauts Geschäft kam, um die Waren zu begutachten, die sie dort anbot. Die Qualität der Stoffe, die die Tochter ihm dort präsentierte, war ausgezeichnet und so nahm er diese gern mit in sein Sortiment.

Schnell waren sie sich Handelseinig geworden und es war für keinen von Beiden ein schlechtes Geschäft. Der Herbst war schon lange über das Land gezogen, da merkte Bärtraut, dass Justius nun doch noch seinen so hart erarbeiteten Erben bekommen würde, auch wenn er das nicht mehr erleben konnte. Das kleine Bäuchlein wölbte sich langsam hervor, auch wenn es vorerst nur im Badehaus zu sehen war und die Freundinnen sich alle für sie darüber freuten.

So trieben nun die beiden Geschäfte einen gemeinsamen Handel und über den Winter wurde das Geschäft von Bärtraut so um und ausgebaut, wie sie und Sofia es sich vorgestellt hatten. Ein schöner Arbeitsraum für Sofia und ein freundlicher Verkaufsraum daneben waren entstanden. Auch in ihrem Wohnbereich und im Sklavenhaus wurde gebaut. Justius hätte sein Zuhause sicher nicht wieder erkannt.

Da die Heizung auch in der Schneiderstube eingebaut war, konnte Sofia auch im Winter dort arbeiten. Sie begann nun auch mit aufwendigen Perlenstickereien an den Kleidern. Zuerst arbeitete sie an einer kostbaren Stola für die Frau des Konsuls. Die Motive nahm sie von den wilden Tieren, die sie vor einigen Jahren in Rom in der Arena gesehen hatte, als Claudius sie damals dahin mitgenommen hatte. Besonders die Löwen waren in der Hauptstadt sehr beliebt, und so stickte sie die Bilder dieser Tiere in den Stoff. Die Stola war so gut gelungen, dass alle vornehmen Frauen der Stadt nur noch Tuniken von Sofia bearbeiten ließen und es eine lange Warteliste gab.

Im Verkaufsraum empfing Bärtraut ihre Kundinnen und die Tür zur dahinter liegenden Wirkungsstätte von Sofia war immer offen. So konnten sich die Freundinnen gegenseitig bei den Beratungen unterstützen. An einem kleinen Tisch konnten sie Wein und kleine Leckereien reichen und viele Frauen kamen einfach nur auf ein gutes Gespräch vorbei. Oft wurde dann doch noch ein schönes Kleid oder eine Stola verkauft.

Eines Tages kam auch der Konsul persönlich in das Geschäft. Für Bärtraut war es eine besondere Ehre, den Mann zu beraten und ihm eine neue Toga anpassen zu können. Ein besonders kostbarer Stoff wurde eigens für den Konsul gefärbt und zugeschnitten. Ein paar kleine Adler säumten den Rand und machten die Toga nur noch kostbarer. Durch den Mann sprach sich die Arbeit Sofias nun auch bei den Mitgliedern des Senats herum und schon bald mussten sie zwei weitere Näherinnen einstellen, so dass Sofia nur noch die Stickereien machte.

Jetzt, da der Konsul eine ihrer Togen trug, wollte sich auch Markus eine anfertigen lassen, was Bärtraut gern entgegen nahm. Nun besuchte sie der Vater fast täglich, auch wenn er für die Besuche einen Umweg in Kauf nehmen musste. Jedes Mal, wenn Markus vorbei kam, um Ware zu holen sagte sie zu ihm „Vater" und er sagte „Meine Tochter aus dem Wald" sie hatten wieder ein tiefes Vertrauen zueinander und Bärtraut hatte ihm schon lange verziehen, dass er sie an Justius verheiratet hatte. Vielleicht war ja diese Ehe auch ein Zeichen der Götter gewesen. Trotz der ganzen Gewalt in der Ehe, war sie nun gut versorgt.

Als im Garten ihres Hauses die letzten verwelkten Blätter des Jahres von den kleinen Bäumen in den ersten Schnee fielen, setzte sie sich auf die Bank und dachte an das vergangene Jahr zurück. Was war ihr in diesen paar Monaten alles passiert? Sie dachte daran, dass sie zwei Mal geheiratet hatte und zwei Mal, auf so unterschiedliche Weise, zur Witwe geworden war. Sie sah auf den kleinen Bauch herunter, der noch nicht sehr deutlich sichtbar war unter ihrem Kleid, den sie aber schon deutlich fühlen konnte. Sie legte die Hände darauf und dachte daran, was sie ihrem Kind wohl über dieses eine Jahr erzählen würde, über seinen Vater. Sollte sie ihm alles über Justius erzählen? Oder lieber alles nur beschönigen?

Sie war sich selbst nicht so sicher, was sie von ihm so hatte halten sollen und im Laufe der Zeit würden sicherlich nur die guten Momente in der Erinnerung zurück bleiben. Aber hatte es diese überhaupt in ihrer zweiten Ehe gegeben? Sie dachte daran, wie sie das Haus betreten hatte und an die ganze Zeit in diesem Haus, bis zum Tod ihres

Mannes. Sie konnte sich an nicht einen positiven Moment erinnern, der in ihrem Gedächtnis geblieben war. Vielleicht sollte sie lieber etwas von Claudius erzählen, aber auch da waren nicht viele positive Momente geblieben.

Dann doch lieber etwas erfinden. Sie dachte an die Geschichten ihres Lieblingsschriftstellers zurück, die sie heimlich bei ihrer Mutter gelesen hatte. Hätte sie nicht an so einen Mann kommen können? Stattdessen war sie nur an zwei Schläger gekommen. Waren eventuell alle Männer so? Sie wollte da für die Zukunft lieber kein Risiko mehr eingehen und so beschloss sie allein zu bleiben, solange das ging. Die zweite Ehe hatte sie ja gut versorgt, auch wenn diese nur wenige Wochen gedauert hatte.

Sofia betrat den Garten und schaute sich nach der Freundin um, die am anderen Ende des Hauses saß und den letzten, verspäteten Zugvögeln zuschaute, wie diese weit über ihr nach Süden flogen. Im Süden, wo Rom lag und sie den größten Teil ihres Lebens verbracht hatte, da hatte auch sie keine guten Erinnerungen zurück gelassen. Als Sklavin ging es ihr damals genauso schlecht, wie es Bärtraut in ihrer Ehe gegangen war. Sie setzte sich zu ihr auf die Bank und so blieben sie einfach noch eine Weile, Hand in Hand, sitzen. Den Blick zur nicht mehr ganz so warmen Sonne gerichtet.

17. Kapitel

Neue Gefahren

Es war Frühling geworden und die ersten warmen Tage lockten die beiden Freundinnen dazu, im Innenhof ihres Hauses zu sitzen. Im hinteren Teil hatte sich Bärtraut einen kleinen Garten angelegt und die ersten Blüten begannen sich dem Licht entgegen zu recken. Aus den Wäldern brachten die Händler immer mehr beunruhigende Gerüchte mit in die Stadt. Bei Markus hörte auch Bärtraut davon. Ein kriegerischer Stamm war in den Bereich der friedlichen Bewohner, die in den Wäldern auf der anderen Seite des Flusses lebten, vorgedrungen und hatte schon viele Menschen dort getötet, die sich ihnen widersetzt hatten.

Besonders gegen alle, die sich mit den Römern verbündet hatten oder mit ihnen Handel trieben, gingen sie mit äußerster Brutalität vor. Sie zwangen die Leute, sich ihnen anzuschließen, oder töteten sie. Dieser Stamm wollte offenbar die alten Götter und den Glauben an diese zurückholen und anscheinend waren sie darin sehr erfolgreich. Viele der Menschen in dem Wald, direkt jenseits der Brücke, hatten sich durch Handel und kleine Geschenke mit den Römern und den Siedlern der Stadt eingelassen. Viele in Colonia lebten von dem, was diese Menschen an Ernte und Beute in die Mauern der Stadt brachten.

Irgendjemandem schien diese Vertrautheit der beiden Kulturen nicht zu gefallen. Sofort musste Bärtraut wieder an ihre Erlebnisse im Wald denken. Ab und zu standen auch Rauchfahnen über dem Wald, die von der Mauer aus zu sehen waren. Augustinus hatte ihr davon berichtet, als einige der Legionäre ihm diese eines Tages gezeigt hatten. Jeden Tag hatte sie das Gefühl, als ob sie sich der Stadt immer weiter nähern würden. Natürlich hatte die Stadt eine große Mauer außen herum, dass bedeutete, sie wäre nicht einfach so einzunehmen, aber sie lebte von der Versorgung von außen. Die Bauern lebten vor der Stadt und so konnte auch ein kleiner Stamm die Stadt hart treffen.

Im Senat wurde hin und her diskutiert, wie man mit dieser Situation umgehen sollte und Augustinus erzählte Bärtraut jeden Abend davon. Er war ja auch ihr Stellvertreter im Rat und musste damit auch ihre Meinung dort vertreten. Damit er das konnte, musste er sie natürlich fragen. Die Hälfte des Rates wollte sich mit den Kriegern gutstellen und Verhandeln. So wollte man diese Kämpfer auf die eigene Seite ziehen und damit natürlich das Leben in der Stadt so behalten, wie es war.

Bärtraut hielt aber nichts von Verhandlungen mit den Kriegern, denen sie nun schon zweimal nur knapp mit dem Leben entkommen war. Bei den Gedanken schmerzte die Wunde wieder. Die Haare auf der einen Seite waren noch nicht richtig nachgewachsen und so flocht Sofia ihr immer einen Zopf im Ring um den Kopf, der die fehlenden Haare etwas verdeckte. Bärtraut legte ihre Hand auf die kleine Wulst, die das Schwert hinterlassen hatte und sie spürte das pulsieren unter ihren Fingern.

Die Angst begann durch die Straßen der Stadt zu kriechen und jeder schien davon angesteckt zu sein. Damit drehten sich auch die Gespräche der Frauen um dieses Thema und an manchem Abend waren sie fünfzehn Frauen, die sich bei lauem Wetter in Bärtrauts kleinem Garten trafen. Zu tief steckte die Angst immer noch in Bärtraut und mit dieser Angst steckte sie auch die anderen Frauen immer mehr an. Sie wollte eine sichere Bleibe für sich, Sofia und das Kind, das in ihr heran wuchs.

Mit allen Mitteln wollte sie die Gefahr beseitigen, aber die Legionäre wollten die Stadt nicht verlassen. Zu tief steckte bei den Soldaten noch die Angst vor einem Kampf im Wald, wie in der Varusschlacht. Jetzt traute sich da keiner mehr hin. Es konnte ja auch keiner von ihnen Wissen, ob es nur zwanzig oder zwanzigtausend Krieger waren, die im Wald warteten. Die Zahl lag vermutlich irgendwo da dazwischen. Doch keiner konnte es genau sagen.

Natürlich kam es so, wie es kommen musste. Eine Gruppe von Kriegern, etwa zwanzig, stand eines Morgens vor dem Tor und verlangte die Öffnung der Stadttore. Waren das Späher? Oder die gesamte Streitmacht der Feinde? Der Senat schickte eine Abordnung zu der Gruppe, bei der auch Augustinus war. Bärtraut machte sich mit Sofia ebenfalls auf den Weg. Fast gleichzeitig mit Augustinus kamen die beiden Frauen dort an und hörten das Streitgespräch der Männer am geschlossenen Tor durch das Gitter hindurch.

Zu deutlich waren die Warnung der Krieger vor dem Tor und die Forderung zum Sturz der neuen Götter. „Folgt wieder unseren Göttern und verlasst diese Stadt. Achtet eure Ahnen und kehrt zum wahren Leben zurück!" rief einer der Männer von draußen. So laut, dass es viele der Menschen hören konnten, selbst die, die weit weg standen. Bärtraut schaute in die zornigen Augen der Krieger, die eigentlich keine Möglichkeit hatten, diese Stadt zu bezwingen, die aber versuchten die Bewohner zu beeinflussen.

Ein murren der Bewohner war die Antwort. Viel zu lange lebten sie hier schon im Luxus der Stadt, als dass sie einfach wieder so in den Wald ziehen wollten. „Vielleicht konnte man die Krieger durch die Annehmlichkeiten der Stadt besänftigen?" dachte Bärtraut und trat zu Augustinus. Sie flüsterte ihm ihren Plan ins Ohr und er nickte. Eine Abordnung wurde unbewaffnet in die Stadt gebeten und so zeigten ein paar Männer aus dem Senat all die Dinge, die es im Wald nicht gab. Therme, fließendes Wasser und warme Räume. Die wilden Krieger ließen sich dadurch nicht beeindrucken.

Schon bald waren sie wieder am Tor und bekräftigten noch einmal ihre Forderungen. Nichts hatte genutzt, vielleicht hatte es auch noch geschadet, denn nun wussten die Krieger, wer hier wohnte. Nach ihrer Ansicht verwöhnte und verweichlichte Memmen. Sie nahmen ihre Waffen wieder auf und gaben eine Bedenkzeit bis zum nächsten Morgen. Dann wollten sie die Stadt stürmen.

Als die Männer vor dem Tor sich wegdrehten erstarrte Bärtraut vor Schreck. Einer der Kämpfer trug das Schild mit dem roten Kreis und dem weißen Eberkopf. Das konnte nur der Mann sein, der ihr schon zweimal nach dem Leben getrachtet hatte. Als das Tor geschlossen war sah Augustinus die vor Schreck erweiterten Augen seiner Schwester. Auch er hatte den Schild erkannt. Er nahm sie in den Arm und führte sie in ihr Haus.

18. Kapitel

Ein grausamer Plan

Was war zu tun? Bärtraut stützte ihren Kopf in die Hände. Augustinus und Sofia saßen mit ihr am Tisch und die Freundinnen der Beiden trafen ebenfalls nach und nach dort ein. „Wir können sie nicht am Leben lassen!" sagte Bärtraut entschlossen und schlug mit der Faust auf den Tisch. Sie schaute in die Runde und sah Augustinus an, der zur Bestätigung nickte. „Die Legionäre trauen sich aber nicht vor die Stadt, wo die fremden Krieger auf der Wiese lagern und auf die Übergabe der Stadt warten." sagte er und zuckte mit den Schultern. „Solche Feiglinge." zischte Bärtraut. „Das sind etwa tausend Legionäre hier drin, gegen zwanzig Krieger dort draußen!" bekräftigte Laertia.

Bärtraut ließ ihren Blick über die anwesenden Frauen schweifen. „Wenn die Legionäre es nicht tun, dann müssen wir Frauen eben etwas unternehmen." sagte sie und Sofia antwortete „Die würden uns vielleicht nichts tun. Wir könnten sie doch überreden, abzuziehen und die Stadt in Ruhe zu lassen." doch Bärtraut schüttelte den Kopf „Wir dürfen sie nicht am Leben lassen. Schon zweimal bin ich ihnen nur knapp entkommen." Jeder kannte ihre Geschichte und nickte bei den Worten. Von allen anwesenden hatte Bärtraut die meisten Erfahrungen mit diesen Kriegern.

„Wir können sie nicht direkt angreifen, da wären wir unterlegen." begann sie und schaute in die Runde der Frauen. „Wir brauchen eine List. Wie können wir sie überlisten? Was brauchen diese Männer?" sagte sie mehr zu sich selbst und begann in ihren Gedanken zurück zu gehen, in die Zeit, in der sie im Wald gewesen war. „Mit Frauen und Wein!" stellte sie schließlich fest und stand auf. Sie ging aus dem Haus in den Innenhof und von dort in den Garten. Bärtraut ging den

Gang in der Mitte entlang und schaute sich die Pflanzen an. An einer blieb sie stehen und pflückte ein paar Blätter von einem Strauch.

Mit den Pflanzenteilen in der Hand ging sie zurück zu den Freundinnen. „Diese Blätter wirken als Schlafmittel. Wir mischen sie in den Wein. Geben diesen den Männern und wenn die dann schlafen ..." sie ließ das Ende des Satzes offen, aber alle hatten verstanden. Augustinus holte seine Sklaven und ging mit denen zum Tor. Bärtraut und Sofia mischten den Wein und damit folgten die Frauen den Männern. Trotz ihrer Angst machte auch Bärtraut mit, sie wollte diesen Albtraum ein für alle Mal beenden. Alle trafen sich am Tor, als es draußen langsam dunkel wurde. Die Frauen hatten ihre kürzesten Kleiden angezogen und nickten sich zu.

Augustinus hatte mit ein paar Münzen die Wachen bestochen, so dass diese sich vom Tor zurück zogen und den Mann mit seinem Sklaven freie Hand ließen. Aus sicherer Entfernung beobachteten die Legionäre die Männer und Frauen am Tor. Bärtraut schaute durch das Gitter nach draußen und sah die Männer dort sitzen. Keinen Steinwurf vor dem Stadttor. Bärtraut schaute ihre Freundinnen an und nickte ihnen noch einmal zu. Langsam schob Augustinus das Tor auf. Von draußen waren die Feuer zu sehen und die Frauen schlüpften durch das Tor, das Augustinus für sie offen hielt, um es sofort nach ihnen wieder zu verschließen.

Es waren nur ein paar Schritte, bis zu den Männern, die nun vom Feuer aufsahen. Sie hatten schon ihr mitgebrachtes Bier getrunken und schauten auf die Frauen, die sich ihnen leicht bekleidet näherten. Was sollte ihnen von denen schon Schlimmes wiederfahren? Hatten sie nicht erst vor ein paar Stunden die Stadt angesehen und waren darin nicht nur Männer in Frauenkleidern zu sehen gewesen? Was war da von den Frauen zu erwarten? Außer etwas Spaß zum Zeitvertreib? Vielleicht hatten diese Frauen schon lange keine richtigen Männer mehr gesehen und kamen deshalb zu ihnen. Mancher der Krieger lächelte vor sich hin. Schließlich war man schon eine ganze Weile auf Kriegszug im Wald.

Die Frauen verteilten sich unter den Männern, setzten sich zu ihnen, unterhielten sich auch mit ihnen und schließlich verteilten sie auch den mitgebrachten Wein. Die Männer tranken schnell und viel. Die fremden Krieger waren sich ihrer Macht sehr sicher und schon begannen die ersten einzuschlafen. Ein Lachen und Scherzen zog über dem Feuer dahin und so wie die Funken des knackenden Holzes zum Himmel stiegen, so stiegen auch die Sinne der Männer in den Himmel auf. Der eine oder andere zog sich eine der Frauen auf den Schoß und stieß mit ihr an. Ein Kuss, ein zerrissenes Oberteil, aber zu mehr waren sie schon, zum Glück für die Frauen, nicht mehr fähig. Sonst wäre es ihr und ihren Freundinnen sicher schlecht ergangen, da war sich Bärtraut sicher gewesen.

Das Getränk tat seine Wirkung. Nach einer Weile des Trinkens und Feierns zog Ruhe ein. Die Männer schnarchten und ein paar der Frauen, die vom Wein hatten mittrinken müssen, torkelten herum. Nun galt es schnell zu handeln, bevor die Männer wieder erwachen würden. Bärtraut gab Augustinus ein Zeichen mit einer Fackel. Die Männer öffneten das Tor und kamen zu Bärtraut gelaufen. „Fesseln wir sie!" sagte die Frau. Schon wurden Stricke gesucht und die schlafenden Männer an Händen und Füßen gefesselt.

Die Frau schaute auf die nebeneinander liegenden, zusammen gebundenen Männer. „Was nun?" fragte Laertia. Augustinus sah seine Schwester an „Wenn wir sie gefangen an die Legion übergeben, so sind die in der nächsten Woche wieder frei." sagte er und sie nickte. Wieder sah sie das Schild mit dem Eber. Es lag direkt neben dem

Feuer. „Werft sie in den Fluss! Und all ihre Habe dazu!" sagte die Frau und erschrak selbst über ihre harten Worte.

Nun ging alles schnell. Immer zwei Frauen oder Männer schleppten einen der Gefangenen zur Mitte der Brücke und warfen ihn in das Wasser. Selbst ein guter Schwimmer hätte, durch die schnelle Strömung, nicht zum fernen Ufer schwimmen können. Erst recht nicht gefesselt und in der Dunkelheit. Alle ertranken und nur ein paar waren überhaupt wieder zu Bewusstsein gekommen, bevor sie starben. Die Waffen und alles andere folgten den Männern in das Wasser. Alles bis auf das rote Schild mit dem Eberkopf. Das nahm Bärtraut an sich.

Augustinus ließ die Feuer löschen und alle gingen zurück in die Stadt. Ein paar der Frauen mussten gestützt oder getragen werden. Es war gut gewesen, dass Bärtraut kein Gift, sondern nur ein Schlafmittel, genommen hatte. Sie sah sich noch einmal um, bevor sich das Tor schloss. Alles war still und ruhig. Nichts erinnerte an die vergangenen grausamen Handlungen auf der Brücke. Nur noch kalter Rauch war zu riechen.

19. Kapitel

Glücklich vereint

---

s hatte eine ganze Weile gedauert, bis Bärtraut mit Sofia wieder in ihrem Haus gewesen waren. Die Freundinnen und auch Augustinus hatten sich nach und nach zurückgezogen und nun war Stille eingekehrt. Eine Stille, in der Bärtraut über die vergangenen Augenblicke nachdenken konnte. „Hatte sie richtig gehandelt?" dachte sie „Sicher!" war die sofortige Antwort, die sie tief aus ihrem Inneren erhielt.

Das Mondlicht schien auf das kleine Haus herab. Sie saß im Garten ihres Hauses und starrte den Schild an, den sie an die gegenüberliegende Hauswand gelehnt hatte. Keine drei Schritte trennten sie von dem Eberkopf, der sie solange in ihren Träumen verfolgt hatte. Der Träger lag nun tot auf dem Grund des Flusses und dieses Zeichen war das letzte, was von ihm noch geblieben war.

Sofia trat hinter sie und legte ihr die Hand auf die Schulter. Bärtraut war wie erstarrt und zu keiner Regung fähig. „Du musst es beenden!" sagte Sofia mit sanfter, aber bestimmter Stimme. Nichts passierte, kein Laut war zu hören. Sofia drehte sich um und ergriff die Axt, mit der die Sklaven immer das Feuerholz für die Heizung zerkleinerten. Sie drückte diese der Freundin in die Hand. Für einen Moment wusste Bärtraut nicht, was sie mit dem Werkzeug sollte. Sie schaute auf die eiserne Klinge, in der sich das Mondlicht spiegelte, und verstand dann endlich.

Langsam erhob sie sich und ging die paar Schritte nach vorn. Sie holte aus und schlug zu. Ein kleiner Span splitterte von dem Holz des Schildes ab. Immer und immer wieder schlug die Frau zu. Das Holz war hart und stabil, aber immer mehr Teile lösten sich. Sie bildeten einen Haufen roter und weißer Holzspäne. All ihre Angst, ihre Verzweiflung und ihren Hass legte Bärtraut in diese Schläge. Jeder Hieb traf den Schild und galt dem Mann, der ihn einst trug.

Nach dem letzten Hieb sammelte Sofia alle Holzteile in einen Korb. Zusammen trugen die beiden Frauen diesen Korb zu dem Ofen der Heizung und warfen den Inhalt dort hinein. Nun löste das Feuer alle Erinnerungen auf und verwandelte sie in dunklen Rauch. Sofia ergriff die Hand der Freundin und diese umarmte sie. Schluchzend legte Bärtraut ihren Kopf an die Schulter der Frau. „Nun ist der Albtraum zu Ende." sagte Sofia und strich der Anderen tröstend über das Haar.

Gemeinsam, Hand in Hand, verließen sie den Raum und traten in den Garten. Ein großer Rabe saß genau auf der Stelle, an der sie gerade das Holz zerkleinert hatten. Er krächzte und zog ein letztes Stück Holz hervor, das irgendwo in eine Ritze des Steinfußbodens gefallen war und daher von Sofia beim Einsammeln übersehen worden war. Mit dem Span im Schnabel breitete er die Flügel aus und erhob sich in den Himmel. Nach ein paar Runden über Bärtrauts Kopf verschwand er in Richtung der gerade aufgehenden Sonne. „Nun ist es wirklich beendet! Meine Götter haben den Schmerz von mir genommen." sagte Bärtraut und versuchte zu lächeln.

Noch eine ganze Weile schauten sie in die Sonne, die gerade über dem Wald im Osten aufging. Die Strahlen des neuen Tages lösten die letzten Schatten der Nacht auf und die beiden Frauen betraten das Haus. Im Flur wollten sie sich verabschieden und jede auf ihr Zimmer gehen, als Bärtraut eine Eingebung erhielt „Warum bleiben wir zwei nicht zusammen?" fragte sie die Freundin. Sofia dachte einen Moment nach und hielt dabei den Kopf schief. Ein Sonnenstrahl, der durch eines der Fenster fiel, lies ihr dunkles Haar aufleuchten und schließlich nickte sie mit einem Lächeln.

Zusammen betraten sie ihr nun gemeinsames Zimmer. Es war an sich nichts ungewöhnliches, das zwei Frauen zusammen lebten, aber eigentlich war ja Bärtraut die Herrin und bis vor kurzen war Sofia noch eine Sklavin gewesen. So wollten sie für eine kurze Zeit ihre Beziehung noch geheim halten. Nach der anstrengenden Nacht fielen sie Beiden in ihr gemeinsames Bett und schliefen fast den Rest des Tages durch.

Am Abend erwachten sie beide Hand in Hand und Bärtraut schaute in das verschlafene Gesicht der Freundin. Mit einer sanften Bewegung strich sie ihr das Haar aus dem Gesicht und setzte sich auf. „Wollen wir das feiern?" fragte sie Sofia und die schaute sie etwas ungläubig an „Was willst du feiern? Das Ende deines Albtraums? Oder den Beginn unserer Beziehung?" fragte sie schließlich zurück und Bärtraut küsste sie. „Unsere Beziehung!" sagte sie lachend und ging aus dem Zimmer, über den Flur, in das Bad, um sich dort zu waschen. Sofia schaute der Anderen noch eine Weile hinterher. Sie konnte es selbst nicht fassen, was in den letzten Monaten mit ihr passiert war.

Es war noch kein Jahr her, dass sie aus Rom hierhergekommen war. Im Halsreif einer Sklavin, als Gespielin von Claudius. So unwirklich kam ihr das alles jetzt vor. Die Freundin hatte die Türen offen gelassen, als sie gegangen war. Das Plätschern von Wasser war zu hören. Für einen Augenblick war Stille, dann hörte Sofia aus dem Bad wie Bärtraut ein Lied sang, das hatte die Freundin noch nie gemacht und umso mehr erstaunte es Sofia. Es war, als wäre eine unglaubliche Last von den Schultern der Frau genommen worden.

Wenig später stand Bärtraut in der Tür. Sie hatte sich eine leichte weiße Tunika mit einem goldfarbenen Gürtel angelegt. Der Stoff floss über ihren Körper und schmiegte sich an. Sie klatschte in die Hände und zwei Sklaven brachten einen kleinen Tisch in das Zimmer, den sie direkt vor das Bett stellten. Sofia war erstaunt, wann Bärtraut das vorbereitet hatte. War sie nicht gerade erst aus dem Zimmer gegangen? Noch einmal klatschte sie in die Hände und nun brachten zwei Sklavinnen aus der Küche Früchte, Brot, Trauben und Wein. Auf dem Tisch war schon bald kein Platz mehr.

Bärtraut schloss die Tür und setzte sich auf das Bett, dann schenkte sie zwei Becher Wein ein und hielt einen davon Sofia hin. Die setzte sich auf und ergriff das Gefäß. „Auf uns." sagte Bärtraut und die beiden Frauen stießen an. Nun wurde geschlemmt und sich gegenseitig mit Trauben gefüttert. Viel später schliefen sie wieder satt und zufrieden in dem Bett ein. Die Sklavinnen räumten schnell und leise alles wieder auf, damit ihre Herrin mit ihnen zufrieden sein würde.

20. Kapitel

Unter Schmerzen geboren

Die Hitze war kaum noch auszuhalten. Noch nie hatte Bärtraut einen so heißen Frühsommer erlebt. Oder hing das mit der Schwangerschaft zusammen, dass sie es so heiß auf der Haut fühlte? Sie wusste es nicht. Das einzige, das sie wusste war, dass sie es fast nur noch in der Therme aushielt. Dort spürte sie auch die Last nicht so, wenn sie im Wasser saß. Ihr Bauch hatte bereits gigantische Ausmaße angenommen und ohne Sofias Hilfe wäre sie nirgendwo mehr auf die Füße gekommen, wenn sie irgendwo gesessen oder gelegen hatte.

Nach ihrer Rechnung musste es noch mindestens sechs Wochen dauern und schon jetzt passte ihr keine normale Tunika mehr. Sofia hatte etwas geschneidert, was sicher gute zwei Kleider abgeben würde, so gewaltig war der Umfang des Kleidungsstückes und Bärtraut durfte gar nicht an die noch verbliebene Zeit denken. Manchmal konnte sie das Treten und Stoßen ihres Kindes spüren und oft hielt sie sich den Rücken vor Schmerzen. Der Umfang des Bauches zog sie unweigerlich nach vorn. Gehen war fast nicht mehr möglich und so ließ sie sich von vier Sklaven in einer Sänfte tragen. Diese Sklaven hatte sie sich, zusammen mit der Trage, gemietet.

Natürlich hätte sie sich auch in einem Wagen von einem Pferd ziehen lassen können, aber die Trage war da viel sanfter und so konnte sie ohne große Erschütterungen an ihr Ziel gelangen. Sofia versuchte der Freundin jeden Wunsch von den Augen abzulesen und doch wurde Bärtraut durch die Schmerzen oft ungerecht, was ihr selbst danach wieder Leid tat. Die Freundin ertrug ihre Launen aber klaglos. Das war sicher auch dem geschuldet, das sie ohne Bärtraut ja immer noch eine Sklavin wäre.

Durch die Hitze des Tages ließ sie sich nur früh am Morgen oder erst spät am Abend aus dem Haus tragen. Selbst am Abend war die Hitze aber noch so groß, dass Bärtraut die Vorhänge der Sänfte schließen musste, damit die, vom weißen Steinfußboden der Straßen abgestrahlte, Hitze draußen blieb. Kein Lufthauch zog durch die Gassen der Stadt und die Sklaven hatten alle Mühe, bei dieser Hitze vorwärts zu kommen. Der Schweiß stand ihnen schon auf dem Körper, noch bevor sie die Frau aufgenommen und den Weg begonnen hatten.

An einem dieser heißen Abende saß sie noch im Garten auf einer kleinen Liege, die ihr Sofia dorthin in den Schatten gestellt hatte. Sie versuchte sich alleine, ohne die Hilfe der Freundin, davon zu erheben. Bärtraut stemmte sich von ihrem Lager hoch und sank mit einem Schrei wieder zurück. Ein zuckender Schmerz bohrte sich durch ihren Bauch und es war noch viel zu früh, für eine Wehe. Aber wenig später kam auch schon die nächste und so konnte Sofia nur schnell loslaufen, um den Medicus zu holen. Obwohl es schon spät am Abend war, war der Mann zuhause und so war Sofia schnell mit ihm wieder zurück.

Zwei Sklavinnen hatten Bärtraut inzwischen in ihr Zimmer gebracht und auf das Bett gelegt. Dort wartete sie, mit den Schmerzen in immer kürzeren Abständen, auf den Mann und die Freundin. Als die Beiden bei ihr eintrafen, presste sie in der nächsten Wehe durch die Zähne „Mehr als einen Monat zu früh." der Mann nickte und begann sie zu untersuchen. Wenig später sagte er „So wie es aussieht wird das Kind in dieser Nacht auf die Welt kommen." wieder schrie die Frau vor Schmerzen auf und hielt sich den Bauch. Der Mann nahm ein Beißholz aus seiner Tasche und gab es der Frau.

Auf das Holz beißend und von zwei Sklavinnen gestützt presste sie sich in die nächste Wehe. Es schien ihr den Bauch zu zerreißen und die Schmerzen kamen nun immer schneller. Sofia wischte ihr die Stirn mit einem feuchten Tuch ab, während der Medicus darauf wartete, dass die Geburt einsetzte. Mehr als warten konnte er nicht. Sie alle konnten nichts weiter tun, als zu warten und für Bärtraut war das am schlimmsten. Immer wieder wurde sie von den Kontraktionen zurückgeworfen und die Sklavinnen hatten alle Mühe, sie festzuhalten.

So ging das die ganze Nacht durch und immer wieder hatte Bärtraut das Gefühl, das ihr die Sinne schwinden würden. Zwischen den Wehen gab Sofia der Freundin etwas zu trinken und begann sie mit Gesprächen abzulenken. Bärtraut versuchte durch den Schmerz der Geburt hindurch zu lächeln, aber es wurde mehr eine Fratze. Endlich begann sich etwas in ihr zu bewegen. Mit einem Ziehen schob sich etwas nach unten und der Mann griff zu, als sich das Kind den Weg nach draußen, mit Hilfe der Mutter, gebahnt hatte. Schnell hob er es an den Beinen hoch und mit einem Schrei begrüßte das Kind die Sonne, die gerade ihre ersten Strahlen durch das Fenster in den Raum hinein schickte.

Wieder bewegte sich etwas in Bärtraut und mit einer letzten kraftvollen Wehe schob sich ein zweites Kind aus ihr heraus. Ein zweiter Schrei ertönte. Erschöpft fiel die Frau zurück und der Mann sagte „Ein Junge und ein Mädchen." „Zwei?" fragte die Frau erschöpft und Sofia nickte. Schnell deckte sie die halbnackt auf dem Bett liegende Freundin zu und übernahm dann die beiden Kinder von dem Mann. „Zum Glück hast du keinen Mann. Sonst hätte der sicher das Mädchen weggegeben!" stellte Sofia fest. Der Medicus verabschiedete sich, nachdem er von Sofia einen Beutel mit Münzen, als Lohn für seine Dienste, erhalten hatte, dann schlief Bärtraut ein.

Sofia säuberte mit den beiden Sklavinnen die Kinder und hüllte sie in Tücher. Dann räumten die Sklavinnen schnell das Zimmer auf. Sofia setzte sich mit den Kindern an das Bett zu Bärtraut und schaute in das Gesicht der schlafenden Freundin. Wie erlöst lag diese dort.

Als sie wieder erwachte, übernahm sie die beiden Kinder und begann sie zu stillen. Zu Sofia gewandt sagte sie „Besorg mir eine Amme. Beide Kinder werde ich nicht ernähren können." die Freundin nickte und machte sich auf die Suche nach einer Frau, die genug Milch für das zweite Kind haben würde. Sie fand eine Sklavin, die als Gespielin ihres Herren erst vor kurzem ein Mädchen geboren hatte, und deren Herr das Kind weggegeben hatte. Mit einem Beutel Münzen erkaufte sie die Frau.

21. Kapitel

Mit vertauschten Rollen

Gegen Mittag war Sofia mit der Amme, Tala war ihr Name und sie war in Sofias Alter, wieder bei Bärtraut eingetroffen. In den vergangenen Stunden hatte Bärtraut die beiden Kinder abwechselnd gestillt und nun, da die Amme da war, konnte sie eines an Tala übergeben. Von nun an würde es die Aufgabe der Sklavin sein, auf die Kinder aufzupassen und zusammen mit Bärtraut für die Versorgung der Kinder zu sorgen. Tala kam, wie Bärtraut auch, aus den Wäldern des Nordens, aber sie war als Sklavin in die Stadt gebracht worden. Ihr Vater hatte seine Schulden nicht bezahlen wollen und dafür die Tochter an seinen Schuldner übergeben.

Bärtraut sah die Tränen in den Augen der Frau, die ja erst vor kurzem selbst Mutter geworden war, auf Anweisung ihres Herren aber das Kind aussetzen lassen musste. Sie wusste nicht, wo es war, wie es ihm ging und ob es überhaupt noch lebte. Das Los der Frauen im römischen Reich war kein leichtes, da hatte es Bärtraut noch gut, sie musste niemanden darum bitten, das Kind, oder die Kinder, behalten zu dürfen. Oft wurden die Kinder einfach nur irgendwo abgelegt, wenn der Hausherr das Kind nicht wollte. Sich gegen seinen Spruch aufzulehnen würde Bestrafung oder den Tod der Mutter nach sich ziehen und so fügten sich die Frauen in das ungewisse Schicksal der Schwangerschaft.

Im Laufe der folgenden Woche erholte sich Bärtraut von den Anstrengungen der Geburt und konnte schon nach einem Tag das Lager wieder verlassen. Zum Glück ließ die Hitze auch nach, so dass sie, zusammen mit Tala und den Kindern, im Garten sitzen konnte. Die Freundinnen aus der Stadt kamen alle an den nächsten Tagen zu Besuch. Zwillinge zu bekommen, das war schon etwas Besonderes und jeder wollte die beiden Kinder unbedingt sehen. Da sich die Freundin nun nicht mehr so viel um sie kümmern konnte, suchte sich Sofia einen neuen Zeitvertreib. Beim Schlendern über den Markt war ihr einer der zum Kauf angebotenen Sklaven aufgefallen und sie bot dem Sklavenhändler eine kleine Menge Münzen für den Mann an. Der Sklave hatte lange dunkle Haare und war auch sehr muskulös. Seine südländische Ausstrahlung war hier, so weit im Norden, etwas Besonderes.

Auf der kleinen Plattform musste er sich drehen und von allen Seiten zeigen. Er trug nur eine kleine, nicht mal knielange, Tunika, die eine Schulter frei ließ und dadurch noch mehr von seinen Muskeln zeigte. Offensichtlich hatte der Händler dieses Kleidungsstück mit Bedacht ausgewählt. Zusammen mit Sofia boten noch ein paar andere Frauen, aber am Ende erhielt sie aber den Zuschlag und durfte ihm ihr Zeichen einbrennen lassen. Ohne ein Zeichen von Schmerz in seinem Gesicht ertrug er die Prozedur. Eigentlich hätte sie das nicht tun müssen, sie selbst hatte immer noch das Brandzeichen von Claudius auf der Schulter und konnte sich noch gut an den Schmerz des glühenden Brandeisens erinnern, aber sie sagte nichts dazu. Selbst der Geruch des verbrannten Fleisches ließ sie nicht erschrecken.

Es war eben so und so wurde es gemacht! Römisches Recht! Warum sollte sie sich dagegen wehren? Sie legte dem Sklaven einen Strick um die Hände und band sie zusammen. So zog sie ihn hinter sich her, bis sie zu Hause waren. Erst dort löste sie den Strick und brachte ihn in das Sklavenhaus, wo er ab sofort wohnen würde. Die Fenster waren vergittert und die Tür hatte ein festes Schloss. So war eine Flucht für ihn unmöglich. Er wäre auch von jedem Richter sofort zum Tode verurteilt worden, wenn er beim Versuch einer Flucht aufgegriffen worden wäre.

Sofia ging danach zu ihrer Freundin in das Haus zurück und erzählte von ihrer neuen Erwerbung. Da sie ihn aber von ihrem Geld gekauft hatte, hatten Bärtrauts Einwendungen auch nichts zu sagen. Allerdings ging Sofia auf Wunsch der Freundin noch einmal zurück und holte den Mann in das Haus. Bärtraut musterte ihn und befragte ihn nach allem Möglichen. Der Mann hieß Naxiros und er kam aus dem fernen Land Hellas. Er kannte auch die Gedichte von Ovid und von anderen berühmten Dichtern und Bärtraut freute sich schon auf die vielen, sicher folgenden, Gespräche. Sofias Wünsche waren da sehr viel Handfester. So wie sie einst als Sklavin die Gespielin ihres Herrn gewesen war, so wollte sie es nun, sozusagen mit vertauschten Rollen, mit ihrem Sklaven halten.

Auf dem Rückweg zum Sklavenhaus führte Sofia ihn in das Bad, wo er sich waschen konnte. Die Frau beobachtete ihn dabei und war froh, dass der Rest seines Körpers das hielt, was die schon gezeigten Muskeln seines Oberkörpers beim Kauf versprochen hatten. Sie trat an ihn heran und strich über seinen nackten Rücken. Er lächelte sie irgendwie gequält an, noch wusste er nicht, was sie mit ihm vorhatte. Ein Kuss von ihr auf seinen Rücken ließ ihn Wissend lächeln. Zögerlich erwiderte er ihren Kuss und seine Hände versuchten zu ergründen, wie weit er bei ihr gehen konnte, gehen durfte. Sie schmiegte sich in seine Hand und genoss die Streicheleinheiten, reichte ihm dann seine Sachen und brachte ihn in sein Zimmer, wo sie ihn für die Nacht einschloss.

Lächelnd ging sie zu Bärtraut zurück. Sie hatte eine gute Wahl getroffen und Naxiros versprach ihr noch in den nächsten Monaten viel Freude zu bereiten. Den Schlüssel in der Hand hin und her schwingend, betrat sie mit einem versonnenen Gesichtsausdruck die Räume, die sie sich mit Bärtraut teilte. Ihr Blick fiel auf ihr gemeinsames Bett und sie überlegte schon, wie es wohl mit dem Manne sein würde. Schon der Gedanke jagte ein schönes Gefühl durch ihren Körper. Ob

Claudius wohl bei ihr dasselbe gefühlt hatte? Vermutlich nicht! Für ihn war sie nur ein Spielzeug gewesen, doch was war Naxiros anderes für sie? Sie setzte sich und schaute aus dem Fenster auf das Sklavenhaus, auf der anderen Seite des Innenhofes. Der Schlüssel in ihrer Hand begann ein Eigenleben zu führen. Sollte sie ihn wieder zu sich holen?

Versonnen lächelnd stand sie auf und trat an das Fenster. Dort drüben, nicht weit von ihr entfernt, lag nun der Mann, den sie als Sklaven erworben hatte. Es war ihr erster Sklave, den sie besaß und irgendwie fühlte sich das komisch an. Sie fuhr mit der Hand über das Zeichen, das ihr einst Claudius in die Schulter hatte brennen lassen und ging aus dem Zimmer nach draußen. Wenig später betrat sie das Sklavenhaus.

22. Kapitel

Eine verzweifelte Suche

Seit einem viertel Jahr hatten weder Bärtraut noch Sofia das Haus verlassen. Bärtraut hatte sich zusammen mit Tala um die Kinder gekümmert und Sofia hatte jede freie Stunde mit Naxiros verbracht. Nun wollten sie beide aber, da es wieder mal Mittwoch war, in die Therme zu ihren Freundinnen gehen. Schon lange wohnte der Sklave in einem der Gästezimmer, nicht weit von dem gemeinsamen Raum der beiden Frauen.

Irgendwie war es zwar Bärtraut nicht wohl dabei, ihre Kinder so ganz alleine zurück zu lassen, doch Sofia überredete sie dann doch. Mit einem Kuss verabschiedete sich Bärtraut von ihren Kindern, so wie sich die Freundin von ihrem Sklaven verabschiedete. Bärtraut ermahnte Tala noch einmal zur Sorgfalt, was sicher vollkommen unnötig gewesen wäre, und verschloss dann die Haustür. Zusammen mit Sofia trat sie auf die Straße und schaute in den Himmel eines milden Herbstes. So gingen die beiden Frauen, Hand in Hand, zur Therme, wo sie schon von ihren Freundinnen erwartet wurden.

Eine ganze Weile saßen sie im Becken mit dem warmen Wasser, bis Bärtraut ein ungutes Gefühl überkam. Schnell zog sie sich an und zerrte Sofia, die sich im Gehen anziehen musste, hinter sich her. Als sie zu Hause ankamen, stand die Haustür weit offen und die beiden Frauen stürzten in das Haus hinein. Im Flur lag Naxiros und blutete am Kopf. Während sich Sofia um den verletzten Mann kümmerte, rannte Bärtraut in ihr Zimmer. Mit einem Schrei brach sie vor dem leeren Bettchen ihres Sohnes zusammen. Tala und er waren verschwunden. Die Tochter lag weinend in ihrem Bett.

Sofia eilte der Freundin zur Hilfe. Naxiros taumelte, sich den Kopf haltend, hinter ihr her. „Es war Tala. Sie hat mich niedergeschlagen." sagte er und das Blut sickerte zwischen seinen Fingern hindurch. Bärtraut schaute ihn verzweifelt an. Sie war zu keiner Regung und zu keinem Gedanken fähig. „Wir müssen sie suchen!" rief Sofia „Wir müssen sie finden!" schrie nun Bärtraut und stemmte sich hoch. Sie stürzte zum Schrank und zog ein kurzes Schwert aus einem Fach heraus. Schnell prüfte sie die Schärfe der Klinge, bevor sie es sich umlegte. „Pass auf meine Tochter auf." sagte sie zu Sofia und lief aus dem Haus.

Wenig später war sie bei Markus und Augustinus und erzählte die Geschichte. Augustinus sattelte schnell die Pferde. Zusammen mit den beiden Männern ritt sie zum Tor der Stadt, um die Sklavin aufzuhalten oder einzuholen. Dort angekommen fragte sie die Wachen „Habt ihr eine Sklavin mit einem Kind hier durch gelassen?" die Männer schüttelten den Kopf. Einer sagte „Da war eine Frau, aber die ist umgekehrt, als sie uns gesehen hatte. Sie lief zur Stadt zurück." Bärtraut dankte ihm. „Wenn sie hier über den Fluss wollte und nicht konnte, so wird sie es sicher wo anders noch mal versuchen. Nur wo?" fragte sie die beiden Männer ihrer Begleitung.

„Sie kam doch aus dem Norden, hast du mir gesagt. Sicher will sie wieder dorthin." antwortete Augustinus und Bärtraut rief „Das Nordtor!" Markus nickte und schon stürmten die Drei durch die Stadt, um das Nordtor zu erreichen. Von dort zog sich ein Weg am Fluss entlang nach Norden und da würden Tala sicher versuchen irgendwo über den Fluss zu gelangen. War die Sklavin schon aus der Stadt heraus? Wenn die Wachen aufgepasst hatten, so war es einer, durch den Halsreif klar zu erkennenden Sklavin, alleine und ohne Begleitung der Herrin nicht möglich, das Tor zu passieren.

Das Geräusch der Hufe auf dem Steinboden hallte weit durch die Stadt und so mancher wird sich sicher gewundert haben, wohin die drei Reiter im Galopp so schnell mussten, noch dazu, wo die Frau ein Schwert an ihrer Seite führte. Aber darüber konnten sich Bärtraut im Moment keine Gedanken machen. Sie wollte ihr Kind zurück und wer da nicht schnell genug vor ihr zur Seite springen würde, der hatte eben selbst die Schuld daran. Vor dem Tor stoppten sie ihren wilden Lauf und sahen, dass dort ein Mann am Boden lag, während sich ein zweiter Wachposten um ihn kümmerte.

„Eine Sklavin mit Kind?" fragte Bärtraut, mehr musste sie nicht wissen, und einer der Posten nickte. Sie stürmten aus dem Tor heraus und folgten der Straße. Wie weit konnte die Frau zu Fuß gekommen sein? Und war sie noch auf der Straße? Oder hatte sie sich in die Büsche an der Seite der Straße zurückgezogen? Viele Gedanken jagten durch Bärtrauts Kopf, während sie sich an das schnell dahin jagende Pferd klammerte.

Weit vor sich sah sie eine Gestalt, in der Mitte der Straße, und nun ritt sie noch schneller. Entweder war es Tala oder sie konnte die Person fragen, ob sie die Sklavin gesehen hatte. Die Person drehte sich um und versuchte dann schnell in die Büsche zu laufen. Offensichtlich war es Tala, die ihre Verfolger erkannt hatte. Schon kurz darauf stoppte Bärtraut an der Stelle, sprang ab und riss das Schwert aus dem Gürtel. Mit einem Schrei des Zornes stürzte sie sich auf die Sklavin. Tala wich immer weiter zurück, bis sie mit dem Rücken an einem Baum stand. Bärtraut legte die Spitze des Schwertes auf den Hals der Frau und drückte ihre Hand langsam nach vorn.

Die Waffe drückte sich durch die Haut und ein erster Blutstropfen trat aus. Langsam lief er die Klinge herab. „Gib mir mein Kind zurück!" schrie Bärtraut und fasste nach dem schreienden Kind, dass

Tala an ihre Brust gedrückt hatte. Ihr Kind in der Einen und das Schwert, mit der Spitze am Halse der Sklavin, in der anderen Hand, stand Bärtraut da und fragte „Was mache ich mit dir?" sie sah sich um „Vielleicht sollte ich dich hier an dieser Stelle kreuzigen? Oder dem Richter übergeben, der das für mich macht?" sagte Bärtraut zornig, mehr zu sich selbst, als zu den anderen. Sie sah die Angst in den Augen der entflohenen Sklavin.

„Zehn Peitschenhiebe sollten reichen." sagte Markus und versuchte seiner Tochter das Schwer aus der Hand zu nehmen, dessen Spitze immer mehr mit Blut bedeckt war. Tala wagte kaum zu schlucken, aus Angst sich damit die Kehle aufzuschneiden. „So sei es." sagte Bärtraut und gab Markus das Schwert. Augustinus holte einen Strick und die Peitsche von den Pferden. Dann band er Tala mit dem Gesicht an den Baum, an dem sie schon die ganze Zeit mit dem Rücken stand. „Halte mein Kind." sagte Bärtraut zu ihm und griff nach der Peitsche.

Sie trat an Tala heran und sagte „Merke dir das hier gut!" dann riss sie die Tunika der Sklavin am Rücken herunter und holte zum ersten Schlag aus. Das sirren der Peitschenschnur in der Luft und der Schrei der getroffenen Sklavin vermischten sich in dem Waldstück. Noch neunmal folgte dieses Geräusch und ein blutiger Streifen nach dem anderen zog sich über den nackten Rücken der Sklavin. Nach dem zehnten Schlag band Bärtraut die Frau los und knüpfte ihre zusammengebundenen Hände an den Sattel ihres Pferdes. Sie saß auf und ließ sich ihr Kind von Augustinus nach oben geben.

So ritt sie los, das Kind in der einen Hand, die Zügel des Pferdes in der anderen. Die halbnackte Sklavin, mit entblößtem Oberkörper und blutigen Rücken, hinter sich her ziehend. Noch vor Einbruch der Dämmerung war sie wieder in ihrem Haus angekommen. Sie warf

Tala in das Sklavenhaus und sagte zu ihr „Solltest du jemals wieder mein Haus verlassen, so werde ich dich hier neben dem Haus ans Kreuz schlagen lassen, als Warnung für alle anderen Sklaven." Knirschend drehte sich der Schlüssel in der Tür und Verschloss den Raum mit der weinenden Sklavin.

In ihren Räumen traf sie auf Sofia und Naxiros, der einen Kopfverband trug. Sie legte ihren Sohn in das Bettchen und begann die Tochter zu stillen, die ja den ganzen Nachmittag noch nichts zu trinken erhalten hatte. Ihren Sohn hatte sie auf dem Pferd gestillt. Satt und zufrieden schlief er in seinem Bett. Über die Ereignisse der Suche wollte die Frau im Moment nicht sprechen, zu sehr hatte sie das Ganze aufgewühlt.

23. Kapitel

Handel und Wandel

chon viel zu lange war Bärtraut untätig gewesen. Während Sofia schon im Geschäft genäht hatte, zumindest in der Zeit, in der sie nicht mit Naxiros beschäftigt gewesen war, war Bärtraut die Monate seit der Geburt nicht im Laden gewesen. Das sollte sich nun aber wieder ändern. Zuerst schaute sie sich die Tierstickereien der Freundin an und das, was sie sah, war einfach nur schön. Sie setzte sich an ihren kleinen Tisch und hatte von dort aus auch Tala immer fest im Blick. Sie brauchte die Amme, traute ihr aber nach der Flucht noch nicht.

Die Wunden auf Talas Rücken hatten sich gerade geschlossen und im Moment hatte die Amme eine lange Kette am Fuß, die gerade so lang war, dass sie ihre Aufgaben erfüllen konnte. Bärtraut hatte den Schlüssel, für das Schloss an der Kette, immer um ihren Hals. Nur ein paar Schritte konnte Tala sich hin und her bewegen. Das Ende der Kette war fest um die Säule auf der anderen Gartenseite geschlungen. Wenn es ein paar Augenblicke ruhig war, schaute Bärtraut auf und von Zeit zu Zeit ging sie hinüber zu ihren Kindern.

Eigentlich konnte sich Tala glücklich schätzen, dass sie noch lebte. Ihr voriger Herr hätte sie für ihr Vergehen sicher an Ort und Stelle kreuzigen lassen. Die Peitschenhiebe, so schmerzhaft sie auch gewesen waren, waren noch eine vergleichsweise milde Strafe gewesen. Sie hatte in ihrer Zeit als Sklavin schon schlimmere Bestrafungen gesehen und das für geringere Vergehen. Aber Tala war natürlich klar, dass Bärtraut sie bei einem weiteren Verstoß sofort töten lassen würde. Sie wusste selbst nicht, was sie dazu veranlasst hatte, das Kind zu rauben. Vielleicht hatte sie den Sohn bei ihrem Vater vorzeigen wollen, um ihn milder zu stimmen. Sie sah ihre Herrin an, die zum wiederholten Male an diesem Tag den Sitz der Kette an ihrem Fußgelenk prüfte.

Bärtraut kehrte zu ihrem Platz zurück und begrüßte ihre Freundin Laertia, die gerade in den Raum trat, gefolgt von einer ihrer Sklavinnen, die einen Korb mit Früchten vom Markt hinter ihrer Herrin her trug. Die Freundin setzte sich in einen der Stühle und Sofia kam von ihrer Arbeit herüber und begrüßte die gemeinsame Freundin ebenfalls. Laertias Mann war plötzlich gestorben, was nicht nur mit der kleinen Pflanze im hinteren Teil von Bärtrauts Garten zusammen hing, sondern vor allem mit der Gewalt, die er seiner Frau gegenüber aufgebracht hatte. Die Freundin war nun fast täglich in dem kleinen Laden bei Bärtraut und Sofia. Dort ließ sie sich auch von Naxiros bedienen und es schien Bärtraut so, als ob jetzt viel mehr Frauen in das Geschäft kamen, als vor dem Zeitpunkt, an dem Sofia auf die Idee mit den Trauben gekommen war, die der Mann ihnen immer servierte.

Es dauerte ein paar Wochen, bis wieder so etwas wie Normalität in ihrer aller Leben kam und Bärtraut nicht mehr hundert Mal am Tage die Kette und das Schloss prüfen musste. Aber die Kette blieb an Talas Fuß. Nur nachts durfte die Sklavin sie ablegen, um das wundgescheuerte Bein zu pflegen. Aber da war sie auch im Sklavenhaus sicher verschlossen. Bärtraut fand nun auch an Naxiros Gefallen. Nicht nur seine Kraft und die Kenntnis der gleichen romantischen Gedichte faszinierte die Frau, sondern auch seine, für einen Mann ungewöhnliche, Anmut. Mit ihm konnte sie über alles reden und auch ihm schien das gut zu tun. Sofia bevorzugte da mehr seine körperlichen Fähigkeiten und Vorzüge.

In manchen Nächten waren sie nun zu dritt im Bett und allen dreien gefiel dies sehr. Bärtraut liebte es besonders, sich ganz fallen zu lassen und nicht mehr die Herrin des Hauses zu sein, auch wenn es nur für ein paar Stunden war. Aber auch Naxiros durfte das Haus nicht verlassen. Seine Kette war nicht sichtbar und doch so stark wie die an Talas Fuß. Es war eine Kette des Gefühls und der Zuneigung. Und sie hielt beidseitig. Sowohl den Mann, als auch die beiden Frauen.

Ihr kleines Geschäft florierte wie noch nie zuvor und erst jetzt fühlte sich Bärtraut so richtig als Frau. Und es hatte auch ein paar Wochen mehr gedauert, bis Bärtraut wieder mit Sofia in die Therme ging. Den Schlüssel zur Kette der Amme trug sie aber selbst in dem warmen Wasser des Beckens an einer goldenen Kette um den Hals. Nackt, mit dem Schlüssel vor der Brust, saß sie so dort und keine der anwesenden Frauen fand daran irgendetwas komisch, denn schließlich kannten sie ja alle die Geschichte. Mit der Zeit kam auch die Fröhlichkeit bei ihr wieder zurück und sie genoss das Bad im Wasser der Therme, so wie sie es schon früher gemacht hatte. Nur mit dem Unterschied, dass es jetzt keine Flucht mehr aus einem furchtbaren Eheleben war, sondern wirklich eine Bereicherung und ein Treffen mit Freundinnen.

Der kleine Club der Frauen wuchs immer mehr zusammen und sie waren wie eine verschworene Gemeinschaft. Sie tauschten alles aus, was ihnen wichtig war und halfen sich auch gegenseitig, wo auch immer Hilfe gebraucht wurde. Die Hilfe ging natürlich nicht so weit, dass Bärtraut und Sofia ihren Naxiros mit einer der Freundin geteilt hätten. Im Geschäft konnte ihn jede bewundern, aber haben konnten ihn nur die beiden Frauen. Besonders Sofia freute sich über das gut angelegte Geld. Es war zwar eine ganze Menge an Münzen gewesen, ihr Verdienst von fast einem halben Jahr, aber es hatte sich wirklich gelohnt.

Als sie an einem Abend wieder ausgelassen nach Hause kamen, saß Augustinus schon im Vorraum des kleinen Geschäfts und wartete auf die Schwester. Naxiros hatte ihn herein gelassen und bewirtet, so dass ihm die Wartezeit nicht zu lang erschien. Er begrüßte Bärtraut und erzählte ihr, dass er in der nächsten Woche heiraten würde. Er fragte die beiden Frauen, ob sie für seine zukünftige Frau eine schöne Stola für die Hochzeit machen könnten, was beide natürlich gern annahmen.

Bereits am nächsten Tag brachte er die Frau zu seiner Schwester. Seine zukünftige Frau war die Tochter eines reichen Kaufmannes aus Rom und noch nicht einmal sechzehn Jahre alt. Bärtraut dachte an ihre Hochzeit damals mit Claudius und wünschte der Frau in Gedanken mit ihrem Mann mehr Glück, als sie damals gehabt hatte. Sie schaute ihren Bruder von der Seite aus an und hoffte, dass die Frau es bei ihm besser haben würde. Sie und Sofia hatten damit eine neue Freundin gefunden und sie luden Mara sofort zu ihrer mittwöchlichen Baderunde ein, was diese auch gern annahm.

24. Kapitel

Ein Blick zurück

Das blonde Mädchen rannte durch das Dickicht des Waldes, so schnell sie konnte. Dornen und verfilztes Gestrüpp konnten sie nicht aufhalten, nur etwas bremsen. Immer schneller rannte sie, bis sie die Mutter erreicht hatte. „Wo warst du denn?" fragte Bärtraut ihre Tochter. Das Mädchen war vor wenigen Tagen acht Jahre alt geworden und setzte sich schnell auf die Lichtung zu ihrem Bruder. Die Mutter war gerade fertig geworden, ihre kleine Schwester zu stillen. Nun betrat auch Sofia die Lichtung. Sie hatte ebenfalls ein kleines Kind im Arm.

Sie waren gar nicht weit weg von der Stadt und nur deshalb hatte Bärtraut ihrer Tochter erlaubt, sich etwas weiter zu entfernen. Allerdings war sie heute viel weiter weg gelaufen als sonst und hätte sich dabei fast verirrt. Bärtraut schaute auf die erschrockenen Gesichtszüge der Tochter und dachte an ihre Flucht damals durch den Wald. Eigentlich ja an die zweimal, die sie dort drüben, auf der anderen Seite des Flusses, durch den Wald geirrt war. Sofia hatte das Mädchen im Wald gerufen und gesucht, nur deshalb war sie in das kleine Waldstück gegangen. Die Freundin von Bärtraut war ja auch mehr ein Stadtmensch, als eine Frau, die sich im Wald auskannte. Das grüne Dickicht machte der Frau Angst und diese konnte Bärtraut jetzt im Gesicht der Freundin deutlich sehen, sie schmunzelte dabei. Hier konnte doch fast nichts passieren.

„Du sollst doch nicht in den Wald laufen!" setzte Sofia besorgt hinzu und schaute strafend auf das Kind herab. „Können wir wieder zurück?" fragte Sofia die Freundin und Bärtraut nickte. Auf ihren Sohn gestützt stand Bärtraut auf und zog sich die Tunika zurecht. Wenig später waren sie alle wieder auf der Straße und konnten die

Stadt schon in der Ferne sehen. Langsam gingen sie am Fluss entlang nach Süden und passierten das Nordtor wieder. Hier, innerhalb der Stadtmauern, trauten sich die Kinder etwas weiter weg von ihrer Mutter, aber dem Mädchen steckte der Schreck immer noch in den Knochen.

Der Weg nach Hause war ihnen allen bekannt und so zogen sie lachend durch die Straßen. Bärtraut dachte daran, wie sie einst in diese Stadt gekommen war. Sie war damals genauso alt gewesen, wie ihre Tochter jetzt. Etwas mehr wie achtzehn Jahre war das nun schon her. An ihrem Haus begrüßte sie Naxiros, er war der Vater ihres jüngsten Kindes und natürlich auch von Sofias Tochter. Noch immer war er bei ihnen als Sklave. Sie hätten ihn zwar schon lange aus dieser Abhängigkeit entlassen können, doch für Bärtraut war es irgendwie einfacher, ihn nicht als Mann, sondern nur als Sklaven zu sehen. Zu viele schlechte Erfahrungen hatte sie mit ihren Männern gemacht.

Im Haus wartete schon Tala und nahm ihr die Tochter ab. Seit damals hatte die Amme das Haus nicht mehr verlassen und Bärtraut hatte sicher kein Problem gehabt, ihre vor acht Jahren ausgesprochene Drohung wahr zu machen. Die Kette trug die Amme schon ein paar Jahre nicht mehr am Fuß, aber dieses Fesselinstrument hing noch demonstrativ an der Säule im Garten und jeden Tag, an dem Tala in das Haus ging, musste sie daran vorbei. Es war eine Art von stiller Mahnung für die Sklavin. Bärtraut und Sofia setzten sich in den Garten und ließen sich von Naxiros ein paar süße Trauben geben. „So lass ich mir das Leben gefallen." sagte Bärtraut, schaute in die untergehende Sonne und schob sich eine Traube in den Mund.

ENDE

Zeitliche Einordnung der Handlung:

5800 Steinzeit

Beginn des Buches „**Schicha und der Clan des Bären**"

Ende des Buches „**Schicha und der Clan des Bären**"

5500 Steinzeit

400 --

387 Die Kelten fallen in Rom ein

300 --

218 Der karthagische Feldherr Hannibal überquert die Alpen

200 --

100 --

73 Flucht von Spartacus aus der Gladiatorenschule in Capua

71 Tod von Spartacus und Ende des Sklavenaufstandes

55 Expedition Caesars nach Britannien

44, 15. März, Kaiser Caesar wird in Rom ermordet

0 --

9 Niederlage des Feldherrn Varus gegen die Cherusker unter Arminius

34 Beginn des Buches „**Das Schwert des Gladiators**"

43 Beginn der Eroberung Südbritanniens

50 Colonia (heute Köln) wird zur Stadt erhoben

54 Nero wird römischer Kaiser

54 Beginn des Buches „**Die römische Münze**"

56 Ende des Buches „**Das Schwert des Gladiators**"

57 Beginn des Buches „**Die Tochter aus dem Wald**"

58 große Teile der Stadt Colonia brennen nieder

64 Brand Roms und daraufhin erste Christenverfolgung

68 Aufstände in Gallien und Spanien

68 Selbstmord Kaiser Neros

68 die Bataver, ein germanischer Stamm, erheben sich und belagern Colonia

70 die Stadt Colonia erhält eine acht Meter hohe Stadtmauer

75 Ende des Buches „**Die römische Münze**"

75 Ende des Buches „**Die Tochter aus dem Wald**"

79, 24. August, Ausbruch des Vesuvs und Untergang Pompejis

80 Einweihung des Kolosseums in Rom

85 wird Colonia die Hauptstadt der römischen Provinz Germania inferior

98 Trajan wird römischer Kaiser

100 --

161 Marc Aurel wird römischer Kaiser

200 --

300 --

306 Konstantin der Große wir römischer Kaiser

324 Konstantin bekennt sich zum Christentum und macht dieses zur Staatsreligion

400 --

700 --

764 Beginn des Buches „**In den finsteren Wäldern Sachsens**"

772, im Sommer, Zerstörung der Irminsul

772 Anfang der Sachsenkriege Karls des Großen

782 Blutgericht von Verden (Aller)

783, im Sommer, Gefechte mit Beteiligung sächsischer Frauen

785 Taufe Widukinds in der Königspfalz Attigny

792 letzte größere Erhebungen der Sachsen gegen die Franken

792 Zwangsdeportationen der Sachsen und Neuvergabe von sächsischem Land an Franken

796 Karls Belehrung durch seinen Berater Alkuin

797 wurden mit dem Capitulare Saxonicum die Sondergesetze gegen die Sachsen gelockert

800 --

800 Kaiserkrönung Karls

802 wurde das sächsische Volksrecht (Lex Saxonum) verabschiedet

802 Ende des Buches „**In den finsteren Wäldern Sachsens**"

804 Ende der Sachsenkriege

889 Wanzleben wird erstmals erwähnt, als Haufendorf

900 --

913 Herzog Heinrich von Sachsen stellt ein Ungarisches Heer bei Merseburg

926 Heinrich handelt mit den Ungarn einen zehnjährigen Waffenstillstand für Sachsen aus

937 Otto I. der Große, gründete das St.-Mauritius-Kloster in Magdeburg

938 die Ungarn ziehen erneut gegen die Sachsen

952 Beginn des Buches „**Der Gefolgsmann des Königs**"

955, am 10. August, Schlacht gegen die Ungarn auf dem Lechfeld bei Augsburg

955 Otto beginnt einen großen Neubau des Doms zu Magdeburg.

962, 2. Februar, Krönung Ottos zum Kaiser

968 Beginn des Baues der Burg Wanzleben

980 Ende des Buches „**Der Gefolgsmann des Königs**"

1000 –

1100 --

1142 Heinrich der Löwe wird Herzog von Sachsen

1143 Gründung Lübecks, der ersten deutschen Ostseestadt

1147 Beginn des Buches „**Im Zeichen des Löwen**"

1147 Wendenkreuzzug, dauert als Kreuzzug drei Monate

1152 Königskrönung von Friedrich Barbarossa in Aachen

1155 Kaiserkrönung Friedrich Barbarossas in Rom

1156 Besiedlungszug in Lommatzsch

1157 Gründung des deutschen Kaufmannsbundes

1159 Wiederaufbau Lübecks

1160 Beginn des Buches „**Kaperfahrt gegen die Hanse**"

1160 der slawische Burgwall Dobin, liegt am heutigen Schweriner See, wird zerstört

1160 Lübeck erhält das Soester Stadtrecht

1160 Gründung der Kaufmannshanse

1161 Vermittlung eines Handelsprivilegs an die Stadt Lübeck durch Heinrich den Löwen

1161 Gründung der Gotländischen Genossenschaft als Vorstufe der Hanse

1162 Kloster Altzella, bei Nossen, wird gegründet

1163 Ende des Buches „**Im Zeichen des Löwen**"

1180 Heinrich verliert das Herzogtum Sachsen

1200 –

1200 Gründung des Petershofes in Novgorod als Außenstelle der Hanse

1200 Ende des Buches „**Kaperfahrt gegen die Hanse**"

1210 Beginn des Buches „**Die Sklavin des Sarazenen**"

1212 Kinderkreuzzug mit Ziel Jerusalem

1212 Friedrich II wird König

1217 - 1221 Fünfter Kreuzzug - Kreuzzug von Damiette in Ägypten

1220 Ende des Buches „**Die Sklavin des Sarazenen**"

1250 Anfang der Blütezeit der Städtehanse

1300 –

1307, 13. Oktober, Zerschlagung des Templerordens und Verhaftung aller Templer

1315 Beginn einer Hungersnot, die als „Der große Hunger" in zwei Jahren mit sintflutartigen Regenfällen, sehr kalten Wintern und vielen Überschwemmungen Millionen Menschen in Europa dahinraffte

1321 Beginn des Buches **„Frauenwege und Hexenpfade"**

1337 der hundertjährige Krieg zwischen England und Frankreich beginnt

1337 Ende des Buches **„Frauenwege und Hexenpfade"**

1340 der englische König Eduard III. fällt mit seinem Heer in Frankreich ein

1346 in der Schlacht von Crécy schlagen 8.000 englische Langbogenschützen die verbündeten europäischen und französischen Ritter vernichtend

1347 die Beulenpest erreicht die europäischen Häfen am Mittelmeer und breitete sich schnell überall aus

1356 mit der goldenen Bulle wird erstmalig festgeschrieben, dass der deutsche König durch Mehrheitswahl von sieben Kurfürsten bestimmt wird

1400 --

1500 --

1517 Beginn des Buches **„Die Bruderschaft des Regenbogens"**

1517, 31. Oktober, Luther verkündet seine Thesen in Wittenberg

1518 Münzer und Luther sind in Wittenberg

1520 Münzer in Zwickau

1522 Neues Testament erscheint auf Deutsch

1523, zu Ostern, Katharina von Boras Flucht aus dem Kloster

1524 Bauern- und Handwerkeraufstände in Sachsen

1525, 15. Mai, Schlacht bei Bad Frankenhausen

1525, 27. Mai, Münzer wird in Mühlhausen enthauptet

1525, 27. Juni, Heirat Luthers mit Katharina von Bora

1525, im Dezember, Kloster Buch wird geschlossen

1526 Niederschlagung der letzten Bauernaufstände

1527 Ende des Buches **„Die Bruderschaft des Regenbogens"**

1530 Reichstag zu Augsburg beschließt Duldung des Evangelischen Glaubens

1534 Gesamte Bibel auf Deutsch

1600 –

1618, 23. Mai, Fenstersturz zu Prag

1618 Anfang des dreißigjährigen Krieges

1620, 08. November, Schlacht am Weißen Berg bei Prag

1630 Beginn des Buches **„Im Schein der Hexenfeuer"**

1631 Kriegseintritt Sachsens

1631, 10. Mai, Verwüstung der Stadt Magdeburg durch kaiserliche Truppen

1631 Beginn des Buches **„Die Räubermühle"**

1632 die Pest wütet in Sachsen

1632, 16. November, Schlacht bei Lützen

1634, 25. Februar, Albrecht von Wallenstein wird in Eger ermordet

1634 Ende des Buches **„Die Räubermühle"**

1639 schwedische Truppen brennen Dresden teilweise nieder

1641 nochmalige Zerstörung Dresdens durch die Schweden

1648 Westfälischer Friede

1648, 24. Oktober, Ende des dreißigjährigen Krieges

1650 Ende des Buches **„Im Schein der Hexenfeuer"**

1700 –

1789, 14. Juli, Beginn der französischen Revolution in Paris

1793 Beginn des Interventionskriegs gegen Napoleon, an dem auch Sachsen teilnahm

1794 die Gesellen streiken in Dresden

1796 der Interventionskrieg endet mit einer Niederlage für die preußischen, österreichischen und sächsischen Verbündeten.

1800 --

1800 Beginn des Buches **„Der russische Dolch"**

1806 Preußen und Russland verbünden sich gegen Napoleon. Sachsen schließt sich an

1806 Krieg der Verbündeten gegen Napoleon

1806, 14. Oktober, Schlacht bei Jena und Auerstedt, die Verbündeten werden von Napoleon vernichtend geschlagen.

1806, 20. Dezember, das Kurfürstentum Sachsen tritt dem Rheinbund bei und wird durch Napoleon zum Königreich

1812 von Sachsen aus beginnt der Feldzug gegen Russland. Sachsen ist mit 21.000 Mann daran beteiligt

1812, 23. Juni, Napoleon überquert mit seinem Heer die Mehmel

1812, 17. August, Schlacht um Smolensk

1812, 7. September, Schlacht von Borodino

1812, 14. September, Napoleon rückt in Moskau ein

1812, 13. Oktober, Napoleon beschließt den Rückzug

1812, 3. November, Schlacht bei Wjasma.

1812, 26. bis 28. November, Schlacht an der Beresina

1812, 14. Dezember, Kaiser Napoleon macht, seinen Truppen auf dem Rückzug aus Russland vorauseilend, in Dresden Station.

1813, 2. Mai, Schlacht bei Großgörschen, Sieg Napoleons gegen Russen und Preußen

1813, 20. und 21. Mai, Schlacht bei Bautzen, weiterer Sieg Napoleons gegen Russen und Preußen

1813, 26. und 27. August, Schlacht bei Dresden, Napoleon errang seinen letzten Sieg auf deutschem Boden.

1813, 16. bis 19. Oktober, Die Völkerschlacht bei Leipzig brachte Napoleon eine verheerende Niederlage. Die sächsischen Truppen liefen zu den russischen und preußischen Truppen über

1813, 11. November, Die belagerte Festungsstadt Dresden kapituliert

1815, 18. Juni, Schlacht bei Waterloo

1815 Ende des Buches **„Der russische Dolch"**

1900 --

Von Uwe Goeritz ebenfalls beim Verlag BoD erschienen (BoD – Books on Demand, Norderstedt, nähere Informationen finden Sie unter www.BoD.de)

„Schicha und der Clan des Bären"
die ISBN lautet 978-3-7386-0262-3

„Diese Geschichte spielt in der Steinzeit, als unsere Vorfahren dazu übergingen sesshaft an einem Platz zu leben. Es war der Beginn der Siedlungen, von Viehhaltung und gezieltem Anbau von Pflanzen. Die Schwierigkeiten der ersten Siedler und die Gefahren in ihrer Umwelt werden deutlich gemacht."

108 Seiten für 7,90 Euro

„In den finsteren Wäldern Sachsens"
die ISBN lautet 978-3-7357-7982-3

„Diese Geschichte spielt von 764 bis 802 in den Völkern der Sachsen und Franken. Matthias, ein Franke, und Thorsten, ein Sachse, haben beide ihre Familien in den Sachsenkriegen verloren. Nach kämpfen gegeneinander werden sie Freunde und müssen sich den täglichen Anforderungen des Lebens stellen. Im Kontext des Krieges von Karl dem Großen gegen die Sachsen muss sich ihre Freundschaft bewähren wenn Frieden zwischen den Völkern herrschen soll."

108 Seiten für 7,90 Euro

„Der Gefolgsmann des Königs"
die ISBN lautet: 978-3-7357-2281-2

„Die Geschichte spielt um das Jahr 950 im Volke der Sachsen in der Nähe des heutigen Magdeburg. Berthold ist als Oberhaupt nach dem Tod seines Vaters für die Geschicke des Dorfes verantwortlich. Zusammen mit seiner Frau Johanna, seinen Brüdern, seiner Heilkundigen Schwester Edith und den anderen Bewohnern im Dorf bewältigt er die täglichen Herausforderungen des Lebens in einer Zeit in der das Christentum und die Einigkeit des deutschen Volkes noch ganz am Anfang stehen. Als König Otto zum Kampf gegen die Ungarn ruft, werden Berthold und die Seinen auf eine harte Probe gestellt."

116 Seiten für 7,90 Euro

„Im Zeichen des Löwen"
die ISBN lautet: 978-3-7347-5911-6

„Die Geschichte spielt von 1147 bis 1163 im Volke der Sachsen in einem kleinen Dorf. Wolfgang und Heinrich kennen sich seit Kindertagen doch nun ist einer der Herzog und der andere ein Bauer. Kann ihre Freundschaft diese Kluft überbrücken?

Wolfgang erwirbt sich in den vielen Kämpfen das Vertrauen seines Herzogs und darf das Banner mit dem Löwen im Kampf führen doch der Kampf gegen das Volk der Slawen stellt diese Freundschaft auf immer neue Bewährungsproben. Kann Wolfgang, als halber Slawe, den Kampf gegen das Brudervolk mit seinem Gewissen vereinbaren?

Zusammen mit Karl ist er als Oberhaupt für die Geschicke des Dorfes verantwortlich. Mit seiner Frau Gisela, seinen Bruder Siegfried und den anderen Bewohnern im Dorf bewältigt er die täglichen Herausforderungen des Lebens in einer Zeit als aus dem Dorf langsam eine kleine Stadt wird."

116 Seiten für 7,90 Euro

„Kaperfahrt gegen die Hanse"
die ISBN lautet: 978-3-7386-2392-5

„Norddeutschland, Ende des 12 Jahrhunderts. Diese Geschichte handelt von 1160 bis 1200 zu Beginn der Hanse in einem kleinen Dorf an den Ufern der Ostsee. Eine kleine Gruppe von Fischern beginnt einen Kampf gegen die Übermächtig erscheinende Verbindung zwischen Kaufleuten der Hanse und den lokalen Fürsten.

Immer schlimmer werden sie ausgepresst, damit ihr Fürst Handel treiben kann. Unter Ausnutzung des Aberglaubens der Seemänner gelingt es ihnen, einen Teil des erpressten Eigentums zurück zu holen und unter der Bevölkerung zu verteilen.

Wie lange können sie aber der übermächtigen Allianz und der Macht des neuen Städtebundes widerstehen?"

108 Seiten für 7,90 Euro

„Die Bruderschaft des Regenbogens"
die ISBN lautet: 978-3-7386-5136-2

„Sachsen zu Beginn des 16. Jahrhunderts. Als Kind ist Thomas in das Kloster eingetreten, doch im Laufe der Zeit kommt er immer mehr in den Konflikt mit der Kirche. Sein Zusammentreffen mit Müntzer und Luther führt bei ihm auch zu einer inneren Reformnation. Hin- und Hergerissen zwischen den Ansichten dieser beiden Prediger ergreift er Partei für die Bauern, aus deren Stand auch er einst kam. Nach der Niederschlagung der Bauernaufstände muss er sich entscheiden, wie sein Lebensweg weiter gehen soll."

112 Seiten für 7,90 Euro

„Im Schein der Hexenfeuer"
die ISBN lautet: 978-3-7347-7925-1

„Diese Geschichte handelt in den Jahren 1630 bis 1650 in einer kleinen Stadt in Sachsen. Johanna hat in den Wirren des dreißigjährigen Krieges schon zweimal ihre Familie verloren. Als Frau eines Kaufmannes gerät sie in einen Hexenprozess, den sie nur mit viel Glück und der Hilfe ihres Mannes überlebt. Nach diesem Prozess arbeitet sie weiter mit Kräutern und versucht den Menschen zu helfen, so gut sie es kann. Im alltäglichen Leben werden ihre Fähigkeiten immer wieder gefordert und sie muss jeden Tag beweisen, dass sie eine starke Frau ist."

112 Seiten für 7,90 Euro

„Die Räubermühle"
die ISBN lautet: 978-3-8482-0893-7

„Sachsen in den Jahren des dreißigjährigen Krieges. Von 1631 bis 1648 wütete auch in Sachsen der blutigste Krieg, den die Menschheit bis dahin gesehen hatte. Bis zu 80 Prozent der Bevölkerung kamen durch Not, Krankheiten, Hunger, Gewalt und Krieg ums Leben. Ganze Landstriche wurden entvölkert und niedergebrannt. Diese Erinnerungen haben sich tief in das kollektive Unterbewusstsein eingebrannt.

Dies ist die Geschichte von einer kleinen Gruppe Männer, die auf der Flucht aus dem Heer nicht, wie alle anderen, marodierend und raubend umherziehen wollten, sondern die erkannt haben, wem sie helfen wollen und von wem sie es nehmen sollen. Traumatisiert durch die Ereignisse des Sterbens und Tötens wollen sie der Gewalt ein Ende setzen. Doch wie? In einer Zeit der Gewalt kann selbst der friedfertigste nicht ganz auf Gewalt verzichten.

Durch die Nutzung des Aberglaubens der Bevölkerung gelingt es ihnen, unerkannt in einer Mühle Unterschlupf zu finden. In diesem neuen Buch wird der Leser in die Zeit der Umbruches entführt, eine Zeit, in der die Ritter nicht mehr den Ton angeben und ein erstarkendes Volk langsam beginnt, sich auf sich selbst zu besinnen und sein Glück selbst in die Hand nimmt."

112 Seiten für 7,90 Euro

„Der russische Dolch"
die ISBN lautet: 978-3-7412-3828-4

„Sachsen in den Jahren des napoleonischen Krieges in Europa. Diese Geschichte handelt von der Freundschaft zweier Männer in den Jahren 1800 bis 1815. Peter, ein Sachse, und Pjotr, ein Russe, treffen sich in der Kindheit und begegnen sich im großen Krieg Napoleons gegen Russland 1812 wieder.

In diesem Krieg, den Napoleon gegen ein ganzes Volk führte, stehen sie auf unterschiedlichen Seiten der Kämpfe. Ein Sommer und ein Winter, mit einem Krieg, der sich tief in die Erinnerung der europäischen Völker eingebrannt hat. Durch Not, Krankheiten, Hunger, Gewalt und Krieg wurden ganze Landstriche in Russland entvölkert sowie niedergebrannt. Millionen Menschen auf beiden Seiten starben.

Dies ist die Geschichte von einer ungewöhnlichen Freundschaft, die durch den Krieg auf eine harte Probe gestellt wird. Traumatisiert durch die Ereignisse des Sterbens und Tötens versuchen sie beide dennoch Menschen zu bleiben, in einer Zeit, in der ein Menschenleben nicht viel wert war."

116 Seiten für 7,90 Euro

„Das Schwert des Gladiators"
die ISBN lautet: 978-3-7412-9042-8

„Diese Geschichte spielt im Grenzgebiet zwischen römischen Reich und Germanien, sowie auch in Rom, in der Mitte des ersten Jahrhunderts unserer Zeitrechnung. Viele germanische Männer waren in dieser Zeit willkommene Verbündete und Kämpfer in den römischen Legionen.

Oft schon als Kinder von ihren Vätern zur Ausbildung nach Rom geschickt oder von den Römern als Geiseln genommen, lernten sie das Leben in der Zivilisation kennen und schätzen. Auch als Gladiatoren waren sie berühmt wegen ihres Körperbaues und ihrer Kraft.

Trotz der Annehmlichkeiten des Lebens in Rom entschlossen sich viele, wieder in die Heimat zurück zu kehren. Denn auf der einen Seite hatten sie das freie Land der Stämme, in dem ein jeder gleich war, und auf der anderen Seite das römische Reich, das seine Stärke auch auf den Schultern von unfreien Sklaven aufbaute.

Der Leser wird in die Welt des römischen Kaiserreiches mit seinen Kämpfern, Bürgern, Händlern und Sklaven entführt."

116 Seiten für 7,90 Euro

„Frauenwege und Hexenpfade"
die ISBN lautet: 978-3-7448-3364-6

„Anfang des 14. Jahrhunderts brach über Europa eine kleine und viele hundert Jahre anhaltende Eiszeit herein. Nach den warmen Jahrhunderten zuvor kam nun eine Zeit des Hungers und der Unwetter. Unruhen und Krankheiten dezimierten die Bevölkerung Mitteleuropas in einem nie zuvor gekannten Maß.

Diese Geschichte handelt in der Zeit von 1321 bis 1337 und erzählt vom harten Wege dreier unterschiedlicher Frauen. Karola, die Nonne, Maria, die Bäuerin und Bärlinde, die freie Frau aus dem Wald, treffen in dieser Zeit zusammen. Sie vereinigen ihre Kräfte und Fähigkeiten. Sie helfen sich gegenseitig und versuchen anderen Frauen beizustehen. Immer in der Gefahr, als Hexen verbrannt zu werden."

116 Seiten für 7,90 Euro

„Die Sklavin des Sarazenen"
die ISBN lautet: 978-3-7448-5151-0

„Es ist Anfang des 13. Jahrhunderts. Johanna, die Heldin dieser Geschichte, bricht mit tausenden Anderen auf, zu einem Kreuzzug, um das Himmelreich zu gewinnen und das Grab Jesu von den Sarazenen zu befreien. Doch statt den Himmel zu erobern gewinnt die Dreizehnjährige die Hölle der Sklaverei in Ägypten. Bedingungslos den Sarazenen ausgeliefert, schwebt sie jeden Tag zwischen Leben und Tod.

Wird sie jemals die Heimat wieder sehen und kann eine verbotene Liebe Johanna retten? Oder wird diese ihr Leben fordern... "

308 Seiten für 9,90 Euro

Aktuelle Informationen und Neuerscheinungen finden sie immer im Internet unter:

www.Goeritz-Netz.de